코넌 도일의 말

Conversations with Arthur Conan Doyle
by Arthur Conan Doyle and Simon Parke

■ 이 도서의 국립중앙도서관 출판예정도서목록(CIP)은
서지정보유통지원시스템 홈페이지(http://seoji.nl.go.kr)와
국가자료공동목록시스템(http://www.nl.go.kr/kolisnet)에서 이용하실 수 있습니다.
(CIP제어번호: CIP2016020003)

코넌 두일의 말

셜록 홈스의 작가, 베일 너머의 삶에 관한 인터뷰

아서 코넌 도일 · 사이먼 파크

이은선 옮김

마음산책

옮긴이 이은선

연세대학교에서 중어중문학을, 국제학대학원에서 동아시아학을 전공했다. 편집자, 저작권 담당
자를 거쳐 전문 번역가로 활동 중이다. 옮긴 책으로 『바스커빌 가문의 사냥개』 『셜록 홈즈 : 모
리어티의 죽음』 『셜록 홈즈 : 실크 하우스의 비밀』 『미스터 메르세데스』 『11/22/63 1, 2』 『닥터
슬립 1, 2』 『환상의 여인』 『상복의 랑데부』 『할머니가 미안하다고 전해달랬어요』 등이 있다.

코넌 도일의 말

셜록 홈스의 작가, 베일 너머의 삶에 관한 인터뷰

1판 1쇄 인쇄 2016년 8월 25일
1판 1쇄 발행 2016년 8월 30일

지은이 | 아서 코넌 도일 · 사이먼 파크
옮긴이 | 이은선
펴낸이 | 정은숙
펴낸곳 | 마음산책

편집 | 이승학 · 최해경 · 김예지 · 박선우   디자인 | 이혜진 · 이수연
마케팅 | 권혁준 · 김종민   경영지원 | 이현경

등록 | 2000년 7월 28일(제13-653호)
주소 | (우 04043) 서울시 마포구 잔다리로 3안길 20
전화 | 대표 362-1452 편집 362-1451   팩스 | 362-1455
홈페이지 | http://www.maumsan.com
블로그 | maumsanchaek.blog.me
트위터 | http://twitter.com/maumsanchaek
페이스북 | http://www.facebook.com/maumsanchaek
전자우편 | maum@maumsan.com

ISBN 978-89-6090-276-3 03840

* 책값은 뒤표지에 있습니다.

어떤 현상이 불가사의하고 경이롭게 느껴진다면
법칙이 아직 제대로 밝혀지지 않았기 때문입니다.
모든 기적은 정확한 법칙을 따릅니다.

■ 일러두기

1. 이 책은 작가인 사이먼 파크가 아서 코넌 도일이 실제로 한 말을 인터뷰 형식으로 재구성한 책 『Conversations with Arthur Conan Doyle』(White Crow Books, 2009)을 우리말로 옮긴 것이다.
2. 외국 인명·지명·작품명은 외래어표기법을 따르되 관용적인 표기와 동떨어진 경우 절충하여 실용적 표기를 따랐다.
3. 원서의 부연은 소괄호로, 옮긴이가 주는 글줄 상단에 맞추어 작게 표기하였다. 원서에서 강조한 글자는 작은따옴표로 처리했다.
4. 국내에 소개된 작품은 번역된 제목을 따랐고, 국내에 소개되지 않은 작품은 원어 제목을 소리 나는 대로 적거나 우리말로 옮기고 원어를 병기했다.
5. 매체·그림명은 〈 〉로, 편명은 「 」로, 책 제목은 『 』로 묶었다.

사이먼 파크

여기에 소개된 대화는 실제로 있었던 일은 아니지만 실제이기도 하다. 아서 경이 한 이야기는 모두 그의 방대한 원고와 서신에서 발췌한 것이다. 좀 더 매끄러운 연결을 위해 이따금 접속사만 추가했을 뿐이다. 하지만 어쩌다 한 번씩 그런 사소한 부분이 추가되었다고 해서 그의 분위기나 의도가 달라지지는 않았다. 결국 이런 일을 벌이는 이유는 그 사람에 대해서, 그의 의도에 대해서 알고 싶기 때문이지 않은가. 그래서 여기 이렇게 그의 열정과 이야기를 고스란히 소개하고자 한다. 한 가지 예외는 있다. 그가 "그 정도는 기본이죠, 사이먼!"이라고 하지는 않았다.

그런 말을 했다 한들 그의 성격과 어울리지 않는다고 볼 수도 없지만 말이다.

이 인터뷰는 아서 경이 나와 함께 열정적이고 다채로운 그

의 삶을 반추하기로 동의한 뒤 사흘에 걸쳐 이루어졌다. 우리
는 서식스의 크로버러에 있는 그의 윈들섬 자택에서 만났다.
윈들섬은 그가 태어난 에든버러와 어느 정도 거리가 있다. 우
리는 주로 침실에서 대화를 나누었다. 그는 협심증으로 바깥출
입에 제한이 있었다. 그래서 가끔 정원으로 나가면 야외 활동
을 향한 그의 애정이 확연하게 느껴졌다. 육신은 신음할지라도
마음속에는 모험심이 살아 있는 것이다. 그는 70세의 나이에도
거구였으며 어느 출판업자가 바다코끼리를 닮았다고 했던 다
정한 얼굴도 여전했다.

경은 어느 모로 보나 도전 정신으로 똘똘 뭉친 소년들의 우
상이다. 그는 역사소설과 공포물, 초자연적인 현상을 다룬 단
편 들을 집필했다. 크리켓 솜씨가 수준급이었고(그 유명한 W.
G. 그레이스William Gilbert Grace, 1848~1915를 상대로 승리를 거둔 적도
있다) 축구, 럭비, 골프를 즐겼다. 조지 에달지나 콩고자유국의
희생자와 같은 약자들을 변호하기도 했다. 스위스에 스키를 소
개했고 영국과 프랑스를 해저터널로 연결하자는 독특한 발상
의 소유자였다. 그는 해리 후디니와 오스카 와일드와 친분이
돈독했고, 데이비드 로이드 조지David Lloyd George, 1863~1945. 영국
의 정치가와 조찬을 함께했으며 북극해에서는 선의로, 남아프리
카에서는 종군기자로 활약했는가 하면 영국의 인기 있는 기사
였다. 미국, 캐나다, 오스트레일리아, 남아프리카, 유럽을 순회
했다. 그리고 가장 중요하게는 전 세계에서 가장 유명한 탐정

이라고 할 수 있는 셜록 홈스를 탄생시켰다.

하지만 나와 만났을 때 아서 경은 포위 공격을 당하고 있었다. 인생의 마지막 4분의 1을 전 세계에서 가장 유명한 심령술의 신봉자로 지냈기 때문이다. 이른바 '접신'이라고도 불리는 이 심령술로 인해 문학·과학·종교계의 조롱이 쏟아졌다. 누가 봐도 빤한 속임수보다 홈스의 건조하고 인본주의적인 논리를 좋아했던 수많은 독자는 당황스러워했다.

1928년 1월에도 허버트 조지 웰스Herbert George Wells, 1866~1946, 영국의 소설가가 아서 경의 저서 『피니어스가 한 말Pheneas Speaks』에 대한 반응으로 〈선데이익스프레스〉를 통해 그를 잔인하게 공격한 바 있다. 도일은 피니어스라는 혼령이 그의 두 번째 아내 진의 입을 빌어서 전한 메시지를 이 책에 담았다. 도일은 서문에 이렇게 썼다. "종교적으로 가장 고지식한 독자라도 하느님은 여전히 인류와 소통 중이라는 사실을 잊지 말아주기 바란다. 하느님이 고통에 시달리는 이 지리멸렬한 세상에 메시지를 보낼 이유는 구약시대만큼이나 많다."

나는 웰스의 반응이 실린 신문을 오려서 들고 갔다. 웰스는 1922년부터 세상에 경이로운 변화를 일으킬 것으로 장담했지만 가시적인 결과물을 보여준 적 없는 "진부하고 지겨운 위인"이라고 피니어스를 지칭했다. 그는 이렇게 썼다. "내가 감히 추측건대 이 피니어스라는 자는 자기기만으로 똘똘 뭉친 사기꾼인 듯하다. 외로운 어린아이가 자기 위안 삼아서 만든 헝겊 인

형만큼이나 처량하기 짝이 없다. 우리는 영의 빛이 쏟아질 거라고 들었다. 놀라운 예언도 들었다. 그런데 어떻게 됐는가?”

피니어스 논쟁은 도일을 둘러싼 근래의 논란과 일맥상통했다. 이로써 도일은 고립되었지만 절대로 굴하진 않았다. 그는 불굴의 사나이였다. 그는 겨우 스무 살 때 북극해로 향하는 포경선에 올랐고 첫날 밤에 벌어진 권투 시합에서 급사를 때려 눕혔다. 그 뒤로도 50년 동안 계속 전투태세를 갖추고 있다.

셜록 홈스의 창시자가 말년을 이런 식으로 보내게 될 줄 어느 누가 상상이나 했을까? 그는 영웅일까 골칫거리일까? 선지자일까 정신병자일까? 아서 코넌 도일 경과의 대화를 시작하려는데 할 이야기가 너무나도 많다.

차례

아무것도 믿지 않는 사람들과
너무 많이 믿는 사람들 사이에서
균형을 잡을 줄 알아야 합니다.

윈들섬 자택에서, 1907

집중포화를 맞고 있는 사나이

"사람들은 나더러 귀가 얇다고 하지만
잘 모르고서 하는 얘기예요"

파크   아서 경, 많은 사람들처럼 저 역시 셜록 홈스의 창시자가 그 모든 것을 버리고 솔직히 의심스러운 구석이 없지 않은 심령술 운동의 전도사로 변신한 이유가 궁금합니다.

도일   사람들은 나더러 귀가 얇다고 하지만 잘 모르고서 하는 얘기예요. 내가 제시하는 증거를 보고도 믿지 않는다면 그 사람들이야말로 제정신이 아닌 거죠.

파크   하지만 이 운동의 전도사로 변신하다시피 하셨는데요. 그럴 만한 일일까요?

도일   지금까지는 조롱과 냉소의 대상이 되고 있지만 이 운동이야말로 인류 역사를 통틀어서 가장 중요한 사건이라고 할 수 있습니다.

파크   그래요? 상당히 파격적인 주장입니다.

노일   어느 정도로 중요한가 하면 그걸 제대로 파헤쳐서 책으로 출간하는 사람이 한 명이라도 있을 경우 신대륙을 발견한 크리스토퍼 콜럼버스, 새로운 교리를 가르친 바울, 우주의 법칙을 공부한 아이작 뉴턴보다 더 위대한 존재가 될 겁니다.

파크   그러니까 새로운 형태의 지식이다?

도일   심령 과학이 아직 태동기이긴 해도 과거에는 불가사의하다고 간주되었던 사건들을 대다수 해부하고 분류하며 심지어 설명할 수 있는 단계에 이르렀어요. 어떤 현상이든 궁극적인 설명이 가능할 정도지요.

파크   그걸 과학이라고 보시는군요. 하지만 과학의 영역에서 거둔 성과가 뭘까요?

도일   중력, 전기, 자력은 물론이고 여타의 불가사의한 자연력도 많은데 과학계의 막내에게—사실 맏이기도 하지만—너무 많은 걸 바라면 되겠습니까. 하지만 놀라운 진전을 보이고 있어요. 몇 안 되는 학생들의 연구 결과에 거의 관심이 없고 진가를 인정하기는커녕 불신하고 경멸하는 사회 전반적인 분위기를 감안하면 더욱 놀라운 일이죠.

파크 하지만 그 말씀을 듣고 나니 이 운동에 대한 미심쩍은 평가가 다시 대두되는데요. 영매들이 사기꾼과 사이비로 밝혀진 경우가 워낙 많지 않습니까?

도일 영매의 인간성에 대해서 이야기하자면 특별히 좋지도 않고 나쁘지도 않은, 우리 사회의 평균치라고 생각합니다. 교회마다 위선자와 기회주의자 들이 있다고 교회 전체를 규탄할 수는 없듯이 부패한 대중매체에서 심령술을 놓고 왈가왈부하면 되겠습니까.

파크 일리 있는 말씀이네요.

도일 그래요. 수많은 불미스러운 사건들로 인해 이 운동에 흠집이 나기는 했어요. 각계각층에서 삐딱하게 나오는 것도 이해는 됩니다. 그것이 변명이 될 수는 없지만.

파크 그렇다면 조작과 사기를 넘어서 경이 이렇게 잔인하게 공격을 당하는 이유가 뭘까요? 정확히 어떤 부분에서 위협을 느끼는 걸까요?

도일 그들이 반대하는 근거가 뭔가 하면, 대개 먼 과거에는 받아들여졌을지 모르는 상황의 존재 가능성을 인정하지 않는 이 시대의 철저한 유물론입니다. 종교인들은 저승을 믿는다고 고백하면서 그런 세계와 실제로 접촉하면 움찔하고 흠칫 놀라면서 있을 수 없는 일이라고 선언하죠.

"오늘날의 과학 역시 유물론에 뿌리를 두고 있어서
전혀 새로운 문제와 맞닥뜨렸을 때
자기만의 훌륭한 원칙들을 전부 저버리고 있습니다"

파크 그것 참 희한한 일이로군요.

도일 그리고 오늘날의 과학 역시 유물론에 뿌리를 두고 있어서 전혀 새로운 문제와 맞닥뜨렸을 때 자기만의 훌륭한 원칙들을 전부 저버리고 있습니다. 예컨대 마이클 패러데이Michael Faraday, 1791~1867. 영국의 물리학자만 해도 새로운 주제에 접근할 때에는 가능한 부분과 그렇지 않은 부분을 선험적으로 결정해야 한다고 선포하지 않았습니까!

파크 열린 태도라고 볼 수는 없겠군요.

도일 반면에 올더스 헉슬리Aldous Huxley, 1894~1963. 영국의 소설가는 메시지들이 진짜라고 하더라도 "대성당이 있는 도시에 떠도는 부목사들에 얽힌 소문만큼이나 관심이 없다"라고 했죠.

파크 기발한 비유인데요. 그리고 찰스 로버트 다윈Charles Robert Darwin, 1809~1882. 영국의 생물학자도 한마디 하지 않았습니까?

도일 다윈은 이렇게 말했죠. "그런 걸 믿어야 한다면 주여, 굽어살피소서."

파크 그런데 아서 경, 이건 다른 이야기입니다만 영매들 일부는 알코올중독자라는 소문이 파다한데요.

도일 몇몇 훌륭한 영매들이 술의 유혹 앞에 무릎을 꿇은 건 맞습니다. 능력을 혹사하다 보니 육체적으로 탈진해서 알코올의 자극이 반가운 위안이 되었다가 마침내 습관으로, 결국에는 저주로 발전하는 아주 일반적인 과정을 겪는 거죠. 알코올중독에 걸리면 늘 도덕관념이 약해져서 영매들이 사기의 유혹에 쉽게 넘어가기 때문에 그 결과 존경을 받았던 위인들마저 강력한 비난에 직면하고 말년에는 아주 가증스러운 속임수를 쓰다 들통이 나는 겁니다. 그럴 수밖에 없다니 참으로 유감스러운 노릇이지만 대주교 법원에서 비밀을 공개한다면…….

파크　대주교 법원이라고 하면 영국 국교회의 최상급 법원인데요.

도일　그렇게 되면 음주와 도덕적인 해이가 심령술사들에게만 국한된 문제는 아니라는 걸 알 수 있을 겁니다.

파크　뭐, 그렇긴 하죠. 하지만 영매들이─세상을 떠난 사랑하는 사람들을 불러올 때─가장 중요한 역할을 맡고 있다 보니 그들에 대한 신뢰가 워낙 결정적인 요소로 작용하지 않겠습니까.

도일　영매는 절대 선생님도 아니고 본보기도 아닙니다. 그저 외부의 힘에 휘둘리는 수동적인 도구에 불과합니다. 과거에는 성자 같은 영매들이 많았고 현재도 많지요. 인간적인 약점, 특히 술 앞에서 무릎을 꿇은 영매들도 있고요. 하지만 그들이 지닌 능력과 전하는 메시지를 그들 자체와 별개로 생각해야 합니다. 가톨릭교회가 행실이 나쁜 사제라도 진정성 있는 성체 미사를 올릴 수 있다고 믿듯, 유물론자가 지적 능력이 떨어지는 통신사라도 똑 부러지는 전보를 보낼 수 있다고 믿듯이 말입니다. 그들의 부족함으로 인해 심령술이 새로운 지식으로 받아들여지는 데 차질이 빚어지고 있긴 합니다. 아직 문지방을

넘지도 못했으니까요. 하지만 문이 서서히 열리고는 있어.ᄋ

파크 영매들이 성과급제로 보수를 받는 것을 못마땅해하시는 걸로
    압니다.

도일 성과급제 자체가―현재 체제에서는 영매가 성과를 거두지 못
    하면 전혀 대가를 받지 못하는데―잔인한 제도입니다. 전문
    영매들은 결과에 상관없이 연금을 보장받아야 심령현상을 거
    짓으로 꾸미고 싶은 강력한 유혹에서 벗어날 수 있죠.

파크 그 외에 어떤 깨달음을 얻으셨는지요.

도일 영매의 능력이 워낙 다양하고 서로 달라서 이쪽 분야의 전문
    가라도 저쪽 분야에는 전혀 능력이 없을 수 있다는 사실을 알
    았습니다. 자동 기술, 투시력, 수정 구슬 점, 영언靈言, 심령사
    진, 영성靈聲 호출 등등은 진짜일 경우 예수의 제자들에게 부
    여된 능력이 그랬던 것처럼 다양한 채널을 통해 특정 능력이
    발현된 거라고 볼 수 있습니다.

파크 '어둠'도 논란의 대상인데요. 영매들이 늘 교령회交靈會 장소로
    어두운 곳을 택하는 것도 숨기는 게 있어서 그런 것 아니냐는
    의혹이 제기됩니다.

도일   초창기에 실험을 진행한 사람들은 반드시 불을 꺼야 한다고 주장했고 이로 인해 불미스러운 사건이 벌어질 가능성이 높았던 건 사실입니다. 그런데 반드시 주변이 어두워야 하는 건 아닙니다. 모든 영매를 통틀어서 가장 위대한 존재로 꼽히는 대니얼 던글러스 홈Daniel Dunglas Home, 1833~1886은 능력이 워낙 출중해서 장소를 가리지 않았으니까요. 그래도 밝지 않고 어두운 곳, 습도가 높지 않고 건조한 곳에서 좋은 결과가 도출된 사례가 무궁무진한 것을 보면 심령현상의 근간을 이루는 물리법칙이 무엇인지 알 수 있는 대목이죠.

파크   다소 괴기스럽다고 생각하는 사람들도 있습니다. 어두컴컴한 방, 히스테릭한 고객들, 망자의 소환, 희한한 유령들. 이런 것들이 당사자들의 건강에 정말로 도움이 될까요?

도일   다른 세계와 너무 부단하게 교류하면 주의가 분산되고 이 세계에서 우리에게 주어진 임무를 처리하는 능력이 떨어진다는 비판도 상당히 일리는 있습니다. 단순히 호기심을 충족하거나 관심을 유도하기 위해 실시되는 교령회에서는 정신의 고양을 느낄 수 없지요. 선정성을 추구하는 사람이나 이 성스럽고 놀라운 경험을 흥분제 과다 복용 같은 천박한 경험으로 몰아가는 것입니다.

파크　한편으로는 회의론자들이 이 운동에 제대로 관심을 기울인 적이 없다고 생각하신다고요.

도일　나는 좋은 영매, 나쁜 영매, 평범한 영매 할 것 없이 어느 누구보다 다양한 영매를 만났습니다. 지금까지 쌓은 실전 경험이 이렇게 많은데, 이 문제를 주제로 공개 토론을 벌이는 자리에서 반대편으로 나선 케임브리지의 홀데인 박사가 "나도 예전에 알고 지낸 영매가 한 명 있어요"라고 했을 때 내 심정이 어땠을지 독자 여러분은 짐작이 될 겁니다. 나는 대답 대신 이렇게 물었죠. "화학의 어떤 문제를 놓고 토론을 벌이는데 내가 '나도 예전에 화학 실험실을 한 번 구경한 적이 있어요'라는 식으로 반박을 하면 어떤 생각이 들겠느냐"라고요.

"어떤 현상이 불가사의하고 경이롭게 느껴진다면
법칙이 아직 제대로 밝혀지지 않았기 때문입니다.
모든 기적은 정확한 법칙을 따릅니다"

파크　여기에서 신의 섭리를 느끼는 사람들도 있죠. 신이 행하시는 신비롭고 경이로운 현상이라고요. 아서 경도 그렇게 생각하시는 겁니까?

도일　실상을 한 문장으로 잘 정리한 것 같은데, 신이 개입하더라도 자연법칙의 범주를 벗어나진 않는다는 걸 알아야 합니다. 어떤 현상이 불가사의하고 경이롭게 느껴진다면 법칙이 아직 제대로 밝혀지지 않았기 때문입니다. 모든 기적은 정확한 법칙을 따릅니다. 물론 모든 자연의 법칙처럼 이 법칙도 그 자체로 신성하고 경이롭습니다만.

파크 그러니까 한마디로 요약하자면 경은 어떤 대가가 따르더라도, 어떤 식으로 조롱을 당하더라도 기존의 입장을 고수하시겠다는 겁니까?

도일 어떤 사안에 대해서 내 입장을 분명하게 밝혀야 할 때가 있는데 지금이 그럴 때인 것 같습니다. 쉬운 일이어서도 아니고 인기를 노리고서 이러는 것도 아닙니다. 하지만 워낙 오랜 세월 동안 진실 하나만을 위해 인기 없는 대의명분을 변호하다 보면 반대와 오해에 익숙해지게 되어 있습니다.

그런 어린 시절을 딛고

아서 경은 절대 언급하지 않는 사실이지만 그의 아버지 찰스 도일은 알코올중독자였다. 그를 정신병원에 입원시키는 데 필요한 서류에 연서한 사람이 젊은 시절의 아서였다.

찰스 도일은 애초부터 예민한 성격이었다. 그는 일찍부터 술을 입에 대기 시작했고 결혼 이후에는 그 습관이 더 심해졌다. 이내 가족을 부양하거나 마주 대할 수 없는 지경에 이르렀다. 그가 1885년부터 1893년까지 세 군데의 정신병원을 전전하며 말년을 보내는 동안 가족들은 곤혹스러운 시간을 보냈다. 그는 술김에 집에서 폭력을 휘두르다 알코올중독 전문 요양원 신세를 졌고 이후 정신병원으로 옮겨졌다.

아서 경의 어머니 메리 폴리는 아일랜드 태생으로 노섬벌랜드의 퍼시가家, 그보다 더 이전에는 플랜태저넷가로 이어지는 명문가 출신이었다. 따라서 그가 어린 시절에 고귀한 기사도 정신을 다룬 15세기 이야기에 심취했던 것도 뜻밖의 일은 아니다. 그의 가족은 수치스러운 상황과 상대적인 빈곤에도 불구하고 어머니가 들려주는 이야기를 들으며 과거의 영화를 되새겼다.

파크   순탄하지 않은 어린 시절을 보내셨죠.

도일   힘든 시절을 보낸 게 나로서는 다행이었을지 모릅니다. 당시 나는 자유분방하고 다혈질이고 조금 무모했거든요. 하지만 상황이 닥치면 기운 내서 전심전력하는 수밖에 없잖아요. 어머니가 워낙 훌륭하신 분이었기 때문에 실망시킬 수가 없었어요.

파크   어머님은 경에게 특별한 존재였죠. 살아 계시는 동안 꼬박꼬박 편지도 쓰셨는데요. 어떤 점에서 그렇게 훌륭하셨습니까?

도일   내 기억이 닿는 아주 어렸을 때부터 어머니가 들려주신 이야기들이 워낙 선명하게 부각돼서 내 삶의 실상이 가려질 정도입니다.

"물욕과 현실감각이 없어서 가족들이
고생을 하긴 했습니다. 어떻게 보면
고차원적인 정신세계 때문에 생긴 단점들이에요"

파크   아버지는 어떠셨나요?

도일 아버지처럼 매력적인 매너와 깍듯한 몸가짐의 소유자는 거의 본 적이 없습니다. 두뇌 회전이 빠르고 장난기가 다분하셨죠. 그런가 하면 상당히 예민한 구석도 있어서 말을 함부로 하는 사람이 있으면 대담하게 자리를 박차고 일어날 정도였고요. 물욕과 현실감각이 없어서 가족들이 고생을 하긴 했습니다. 어떻게 보면 고차원적인 정신세계 때문에 생긴 단점들이에요. 아버지는 로마가톨릭교회의 열렬한 신도로 살다 돌아가신 분입니다.

파크 몇 년 전에 아버지의 그림으로 전시회를 개최하셨죠?

도일 네. 훌륭하고 독창적인 화가라고 평단에서도 놀라워했습니다. 내가 보기에는 우리 집안에서 단연코 가장 훌륭합니다. 요정이나 그 비슷한 주제들을 섬세하게 화폭에 담았어요. 설정이 엉뚱하고 섬뜩해서 자기만의 독특한 스타일을 풍겼죠. 자연스러운 유머로 중화되기는 했지만요.

파크 상상력이 풍부하셨던 모양입니다. 어느 평론가는 이렇게 표현했던데요. "거대한 동물들과 특이한 요정들, 괴기와 평범의 대립 속에서 정신적으로 오르락내리락한다."

도일 윌리엄 블레이크William Blake, 1757~1827보다 끔찍했고 안토니 위르

츠Antonie Joseph Wiertz, 1806~1865보다 소름 끼쳤다고 할까요!

파크   그런데 에든버러의 고향집 말입니다. 그 일대에서 가장 근사하거나 평화로운 곳은 아니었다고 하셨습니다만.

도일   우리는 막다른 골목길에서 살았는데 특유의 다채로운 생활이 이어졌고 그 길을 사이에 두고 남자아이들끼리 치열한 갈등을 빚곤 했습니다. 결국에는 양쪽 챔피언끼리 싸움이 붙었는데 내가 연립주택에 사는 가난한 아이들 대표였고, 상대는 맞은편 주택가에 사는 부잣집 아이들 대표였어요. 격전지는 주택가의 어느 집 마당이었는데 양쪽 모두 상대방을 꺾을 수 있을 만큼 충분히 힘이 세질 않아서 몇 번이나 명승부를 펼쳤는지 모릅니다.

파크   그러니까 서로 주먹으로 치기는 했지만 결정타를 날리지는 못했다는 말씀이로군요. 그러다 아홉 살부터 2년 동안 예수회에서 운영하는 사립 초등학교를 다니셨죠.

도일   그때는 요즘처럼 학교를 자주 쉬지 않았어요. 여름방학 기간인 6주를 제외하고 꼬박꼬박 학교에 다녔죠.

파크   그래서 어떠셨습니까?

윌리엄 블레이크, 〈태고의 날들〉, 1794

도일   대체로 즐거웠습니다. 나는 지적 능력과 체력, 양쪽 면에서 동급생들에게 절대 뒤지지 않았거든요. 마음씨가 따뜻한 교장 선생님을 만난 게 행운이었죠. 캐시디 교장 선생님은 일반적인 예수회 신부님들에 비해 훨씬 인간적이었어요. 선생님이 그의 보호 아래 놓인 어린 소년들을—대부분 악동이었는데요—따뜻하게 대해주시던 모습이 훈훈한 기억으로 남아 있습니다.

파크   그때부터 글을 쓰셨다고요?

도일   아, 그럼요. 오후 수업이 없고 비가 내리는 날이면 책상 위에 올라가서 손으로 턱을 괴고 있거나 바닥에 쭈그리고 앉은 아이들에게 걸걸한 목소리로 내 주인공들에게 닥친 불행한 사건들을 이야기해주곤 했으니까요!

파크   그때부터 머릿속에 캐릭터를 구축하신 겁니까?

도일   그 딱한 이들은 몇 안 되는 청중을 위해 매주 싸우고 고생하고 신음해야 했죠.

파크   그냥 친구들을 위하는 마음에 이야기를 들려주신 겁니까? 아니면 거기에 따른 보상이 있었습니까?

도일   이야기를 계속해달라는 뇌물로 페이스트리를 받았고 늘 타르트를 요구했던 기억이 납니다. 얼마나 철저하게 이해관계를 따졌다고요. 뼛속까지 작가협회 회원다운 내 성격을 엿볼 수 있는 대목이죠.

파크   그러다 스토니허스트에 있는 예수회 공립 초등학교로 전학을 갔습니다.

도일   체벌이 어찌나 심했는지 모릅니다. 내 또래 중에서 나만큼 잘 견뎠던 아이는 아마 없을 거예요.

"갖은 위협에 반항했고
폭력에 굴하지 않는 자세를 보여주는 데서
뻐딱한 자부심을 느꼈죠"

파크   왜 그랬을까요? 유난히 말을 잘 안 들으셨나요?

도일   내가 못된 짓을 해서 다른 아이들보다 많이 맞은 게 아니라 원래 애정을 담아서 따뜻하게 대해주면 열렬하게 호응하는 성격인데 그런 대접을 받지 못했기 때문입니다. 갖은 위협에 반항했고 폭력에 굴하지 않는 자세를 보여주는 데서 뻐딱한 자부심을 느꼈죠.

파크 아이러니컬하게도 그리스도교의 보루라 할 수 있는 학교에 다니던 시절부터 종교로부터 점점 멀어지기 시작해서 영영 돌아오지 않으셨는데요. 언제부터 균열이 시작된 겁니까?

도일 사나운 아일랜드 출신이었던 머피 신부님이 교회에 다니지 않는 사람들은 지옥행이 확실하다고 선언하는 걸 들은 적이 있습니다. 그 소리에 경악하며 신부님을 바라보았는데 그 순간부터 나와 지도교사들 사이에 간극이 생기기 시작했을 겁니다. 개인적인 접촉을 통해 사후 세계의 실상에 대해서 들은 심령술사들은 불구덩이와 고문이 말도 안 되는 끔찍한 발상이라는 걸 압니다. 그런 건 존재하지 않아요.

파크 1876년부터 의학 공부를 시작하셨죠. 스코틀랜드의 대학교들은 어떤 곳이었습니까?

도일 큰 뜻을 품은 젊은이들이 학비를 내고 다니는 곳이죠.

파크 그러고 나면 고행길이 시작되나요?

도일 아뇨. 그러고 나면 뭐든 자기 마음대로 할 수 있습니다.

파크 아, 그렇습니까?

도일 　특정 시간에 특정 수업이 진행되고 그걸 듣고 싶으면 들으면 됩니다. 듣지 않더라도 학교 측에서는 전혀 뭐라고 하지 않습니다. 종교의 경우에도 태양을 숭배하든 하숙방 벽난로 선반에 놓인 자기 모습에 집착하든 학교 측에서는 절대 상관하지 않아요!

파크 　시험은요?

도일 　시험은 정기적으로 치러지지만 시험을 보느냐 보지 않느냐도 선택하기 나름이죠. 대학은 뼈만 앙상하고 덜 여문 젊은이들을 이편으로 끊임없이 흡수해서 성직자, 빈틈없는 변호사, 솜씨 좋은 의사로 바꾸어서 저편으로 내놓는 거대하고 무정한 기계예요. 1000명당 600명 정도의 비율로 변신에 성공합니다.

파크 　나머지 400명은요?

도일 　도중에 부서지는 거죠.

파크 　대학 교수들하고는 친구처럼 지낼 수 있었습니까? 그들을 아버지처럼 여긴 학생들도 있었을 텐데요.

도일 　에든버러에서 교수와 학생들은 친구는커녕 지인처럼 지내려는

조지프 벨, 1911

시도조차 하지 않았습니다. 예컨대 4기니guinea, 영국에서 1663년부터 1813년까지 발행한 금화를 내야만 겨울방학 동안 해부학 강의를 들을 수 있는 철저한 이해관계였죠. 교수님들은 항상 교단에서만 볼 수 있었고 어떤 상황에서도 대화는 금물이었습니다. 물론 훌륭한 분들도 있었습니다. 그런 교수님들은 개인적으로 친분을 쌓지 않아도 제법 속속들이 파악할 수 있었죠.

파크　그중 한 분인 조지프 벨Joseph Bell, 1837~1911 박사님은 셜록 홈스의 모델로 특히 유명해지셨는데요. 다음 인터뷰에서는 셜록 홈스에 집중할까 합니다만 젊은 시절 이야기를 마치면서 끝으로 포경선 호프를 타고 북극해로 떠났던 시기에 대해서 듣고 싶습니다. 아서 경이 선의직 제안을 받은 게 스무 살 때였죠.

도일　포경선에 승선했을 때만 해도 나는 고뇌하는 젊은이였습니다. 하선했을 때는 건장한 성인 남성이 되어 있었죠.

파크　길고 고된 항해였죠? 선원 수도 50명에 달했고요.

도일　맞습니다.

파크　거센 바람과 총빙바다 위 얼음들이 붙어 큰 덩어리가 된 것. 하지만 돌이켜보면 가장 기억에 남는 건 뭘까요?

도일   지지 않는 태양, 하얗게 반짝이는 빙하, 짙은 파란색의 바다, 이런 게 가장 선명하게 기억에 남기 마련이죠. 그리고 별 볼일 없는 인생을 가장 짜릿한 희열로 바꾸어놓았던 건조하고 맑고 상쾌한 바람.

파크   북극해가 방랑벽을 타고난 남자의 영혼을 깨운 모양입니다.

이 정도는 기본일세, 친애하는 왓슨

셜록 홈스는 숙적 모리어티와 함께 알프스의 폭포로 뛰어들었다. 도일이 셜록 홈스를 죽인 이유는 셜록 홈스가 앞으로 쓸 역사소설처럼 좀 더 중요한 작업에 매진할 여력을 없앤다고 생각했기 때문이다. 독자들은 격렬하게 항의했고, 거금이 제시되자 셜록 홈스는 결국 부활해서 두 편의 작품에 추가로 등장했다. 셜록이 다른 위험한 적들을 피하기 위해 죽음을 가장하고 일시적으로 피신했다는 설정 덕분에 가능했던 국면의 전환이었다.

그런데 이 위대한 탐정의 마지막이 그런 식이었다면 처음은 어땠을까?

파크   위대한 탐정의 실제 모델이 대학교 교수님이었다는 게 사실입니까?

도일   조지프 벨 박사님은 말랐지만 강단이 있고 피부는 까무잡잡하며 코가 우뚝하니 날카로운 인상과 상대방을 꿰뚫어 보는 듯

시드니 패짓, 〈셜록 홈스의 죽음〉, 1893

한 회색 눈동자, 각진 어깨가 특징이었죠. 아메리칸인디언 같은 얼굴을 하고 진찰실에 앉아 있다가 사람들이 들어오면 입을 열기도 전에 진단을 했고요.

파크   제가 홈스 시리즈에서 가장 좋아하는 부분 중 하나가 그건데요. 홈스가 겉모습만으로 1차 추론을 하면 왓슨이 어리둥절해하는 거 말입니다.

도일   벨 박사님은 질병뿐 아니라 직업이나 사는 곳처럼 살아온 내력의 소소한 부분까지 알아맞히곤 하셨죠. 틀린 적이 거의 없었습니다.

파크   그분에게서 과학적인 소신과 인본주의적인 소신이 한데 어우러진 남자를 발견하셨고 매력을 느끼셨군요. 그에게 과학은 단순히 원인과 결과로 이루어진 기계적인 것이 아니라 좀 더 섬세하고 미묘하며 심리적인 요소의 영향을 받는 어떤 것이었죠. 딱 홈스 아닙니까!

도일   벨 박사님은 관찰력이 아주 남다르셨습니다. 그래서 나는 범죄를 대하는 자세가 벨 박사님이 질병을 대하는 자세와 비슷하고, 운이 아니라 과학에 의존하는 탐정 이야기를 써보면 어떨까 하는 생각을 했죠.

"주인공이 결론을 도출할 수 있도록
그럴싸한 장치를 백 개쯤 설정해놓고
그걸 토대로 이야기를 쓰기 시작했죠"

파크 　주인공이 그런 식으로 탄생한 거군요. 그럼 줄거리는요?

도일 　뭐, 간단한 수법을 백 개쯤 생각해놓았다고 할까요. 주인공이 결론을 도출할 수 있도록 그럴싸한 장치를 백 개쯤 설정해놓고 그걸 토대로 이야기를 쓰기 시작했죠. 그 결과물이 셜록 홈스였는데 솔직히 고백하건대 나도 그 결과물을 보고 많이 놀랐습니다!

파크 　순식간에 모두가 좋아하는 소설 속 탐정이 되었으니 말이죠.

도일 　게다가 그를 실존 인물처럼 대하는 독자들도 많고요! 세계 각지에서 그에게 보낸 편지가 내 앞으로 배달이 되는데 청혼하는 편지도 있고 그의 가정부가 되고 싶다는 편지도 있습니다.

파크 　그리고 프랑스, 이집트, 중국 같은 나라에서는 홈스의 기법을 참고해서 범죄 수사 시스템을 구축했죠! 하지만 사우스시 southsea 지역에서 의사로 지냈던 초창기에는 스스로 작가라고 생각한 적이 없으셨다면서요. 흥미롭게도 한 친구에게 칭찬을 듣기 전까지요.

도일 평소 내 행동과 태도를 옆에서 지켜본 사람이라면 누구라도 활기가 그렇게 충천하면 넘칠 수밖에 없지 않겠느냐고 얘기했을 겁니다. 하지만 내가 제대로 된 글을 쓸 수 있을 거라고는 꿈에도 생각해본 적이 없었기에 절대 입에 발린 칭찬을 할 줄 모르는 친구의 말을 듣고 깜짝 놀랐죠.

파크 칭찬의 힘이로군요.

도일 그래서 바로 자리를 잡고 앉아서 「사삿사 계곡의 비밀The Mystery of Sasassa Valley」이라는 짤막한 모험담을 썼습니다. 놀랍고 기쁘게도 〈체임버스〉에 원고가 채택됐고 3기니를 받았죠.

파크 독감으로 앓아누웠을 때 전업 작가가 되겠다는 결심을 하셨다고 들었는데요. 정말로 그 순간 의사 생활과 작가 생활을 병행하려는 노력을 접으신 겁니까?

도일 맞습니다. 희열이 파도처럼 밀려들었죠. 기쁜 마음에 침대보 위에 놓여 있던 손수건을 힘없는 손으로 집어서 의기양양하게 천장으로 던졌던 기억이 납니다. 드디어 내 인생의 주인이 되었으니까요!

파크   실제로도 셜록 홈스 덕분에 그러실 수 있었죠. 1920년이 되자 전 세계를 통틀어 가장 수입이 많은 작가 반열에 오르셨잖습니까. 그런데 셜록 홈스 시리즈에서 가장 흥미로운 부분은 범인들마다 나름대로 이유가 있다는 겁니다. 죄를 바라보는 전통적인 시각에 반항하는 심리가 있으신 것 같은데요.

도일   중세 신학자들에게 죄는 그들의 시야를 어지럽히는 끔찍한 구름이었지만 근대과학의 관점에서 양심의 온유함과 정의감, 균형 감각을 갖추고 죄를 바라보면 그렇게 느껴지지 않을 겁니다. 자비로우신 하느님보다 더 자기 자신에게 엄격한 존재가 인간이에요.

파크   하느님 이야기는 나중에 하겠습니다만 홈스 시리즈를 집필하시는 동안 아서 경은 감정—특히 기존 종교에 대한 분노—을 점점 더 확연하게 드러내셨죠. 일례로 『네 사람의 서명The Sign of Four』에서 홈스는 "지금까지 집필된 책 중에서 가장 주목할 만한 작품 중 하나라고 볼 수 있다"라며 왓슨에게 윌리엄 윈우드 리드William Winwood Reade, 1838~1875. 영국의 역사가이자 철학자의 저서『인류의 고난The Martyrdom of Man』를 추천하죠. 기억하십니까?

도일   기억합니다.

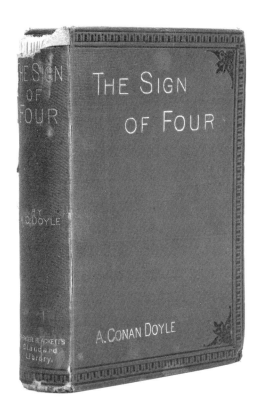

『네 사람의 서명』, 1890

"초자연적인 기독교는 가짜다"

파크 가장 주목할 만한 작품 중 하나인지는 몰라도 가장 논란의 여지가 많은 작품 중 하나인 건 분명한데요, 아서 경. 평론가들은 '불경'스럽고 '외설적'이라고 했어요. 그 책에 담긴 메시지를 기억하실 테죠?

도일 초자연적인 기독교는 가짜다.

파크 그것이 그 책에 담긴 메시지였지요.

도일 하느님을 섬기는 것은 우상숭배다. 기도는 백해무익하다. 영혼은 불멸의 존재가 아니다. 내세에는 보상도 처벌도 없다.

파크 지금도 그렇게 생각하지는 않으시겠습니다만.

도일 1886년 이전에는 내세에 대해서 계속 회의적이었습니다.

파크 그 당시에는 죽음에 대해서 어떻게 생각하셨습니까?

도일 촛불이 꺼지면 빛이 사라지지 않습니까. 전지가 박살 나면 전류가 끊기고요. 육체가 소멸되면 끝인 거죠.

파크 그러니까 내세 이야기가 황당한 소리처럼 들리셨겠군요. 내세가 망상에 불과하다고 생각하셨을 테고요. 자기중심적인 자아가 어떻게든 믿으려고 하는 거라고.

도일 맞습니다. 망상이라고 생각했고 죽으면 모든 게 끝이라고 믿어 의심치 않았죠.

파크 다른 작품에서도 이런 회의론적인 태도가 엿보이는데요. 「고리스소프 저택의 유령들The Ghosts of Goresthorpe Grange」에서는 아이러니컬하게도 심령술을 조롱하셨죠!

도일 메아 쿨파Mea culpa. 라틴어로 '내 탓이로소이다'라는 뜻입니다.

파크 그 작품에서는 도드라는 남자가 새로 이사한 으스스한 저택에서 초자연적인 존재를 찾는 데 열을 올립니다. 그런데 실망스럽게도 유령이 보이지 않자 영매를 찾는 광고를 게재하고 그 바람에 빈집털이 전문 사기꾼을 불러들이게 되죠. 그래서 도드는 도움이 될 만한 영매들을 알고 있는 친구를 찾아갑니다. 두 사람이 영매를 찾느라 인명록을 뒤적이며 대화를 나누는 부분을 직접 낭송해주시면 어떨까요, 아서 경.

도일 "또 뭘 찾으려고 했는데?"

"유령." 내가 대답했다.

"그럼 당연히 41쪽이지. 여기 있군. 'J. H. 파울러 앤드 선, 던켈가, 귀족과 상류층에 영매를 알선함. 부적, 사랑의 묘약―미라―별점 전문.' 자네가 원하는 건 여기 없겠지?"

나는 실망감에 고개를 끄덕였다.

"프레더릭 탭." 그는 계속 말을 이었다. "산 자와 죽은 자 간의 유일한 의사소통 채널. 바이런, 커크, 화이트, 그리말디, 톰 크립, 이니고 존스의 혼령 소유. 대단한 위인인데?"

"낭만적인 면이 부족하잖아." 나는 이의를 제기했다.

"여기 또 한 명 있네." 친구가 말했다. "크리스토퍼 매카시, 격주로 열리는 교령회―고대와 근대의 모든 유명인 혼령이 참석함. 점성술―부적―주문, 망자의 전언. 이 사람이라면 도움이 될 수도 있겠는데……."

파크 요즘이라면 쓰지 않을 내용인데 이렇게 낭송해주셔서 감사합니다. 하지만 그 당시에 경은 분명 회의적이었고 셜록 홈스도 마찬가지였지요. 다시 홈스의 이야기로 돌아가자면 엄청난 인기에도 불구하고 경은 1893년에 그를 죽이기로 결심합니다. 홈스는 스위스에서 숙적 모리어티와 맞닥뜨린 이후에 사라집니다. 왓슨은 홈스가 남긴 편지를 발견하고요. 그 부분을 낭송해주시겠습니까?

도일   왓슨은 절친한 친구가 남긴 글을 읽었다. "이미 자네에게 설명했다시피 내 탐정 인생은 위기에 봉착했고 이보다 더 흡족하게 그 인생을 마감할 방법은 없을 걸세."

파크   그것으로 끝이었습니다. 셜록 홈스는 무대에서 사라지죠. 엄청난 전환이지만 경은 오래전부터 계획을 하셨습니다. 1891년에 어머니에게 보낸 편지에서도 경의 의도를 밝히셨는데요. 거기에 뭐라고 쓰셨습니까?

도일   이렇게 썼습니다. "홈스를 죽여서 영영 끝장을 낼까 합니다. 홈스 때문에 좀 더 의미 있는 일에 정신을 쏟을 수가 없어서요."

파크   그러자 어머니께서 어떤 답장을 보내셨던가요?

도일   "뭐가 올바른 길인지는 아서, 네가 판단하기 나름이다만 독자들은 선선히 받아들이지 않을 게다."

파크   그리고 그들은 실제로 선선히 받아들이지 않았습니다. 셜록 홈스가 사망하자 팬들은 상장을 두르고 거리로 나섰죠. 물론 1902년에는 『바스커빌 가문의 사냥개The Hound of the Baskervilles』를 통해, 1903년에는 「빈집의 모험The Adventure of the Empty House」

『바스커빌 가문의 사냥개』, 1902

을 통해 그를 부활시켰지만 그걸로 끝이었습니다. 이 위대한 남성은 두 번 다시 복귀하지 않았습니다.

도일   얘기했다시피 홈스 때문에 좀 더 의미 있는 일에 정신을 쏟을 수가 없었거든요.

파크   경은 사실상 그와 의절하셨죠. 나중에 셜록 홈스를 주인공으로 연극 대본을 쓰시기도 했지만 리허설이 끝났을 무렵 경이 쓴 원래 원고에서 남은 부분이 거의 없다는 걸 알고서도 아랑곳하지 않으셨고요! 평론가들은 그 작품을 혹평했습니다. 대중 사이에서는 인기가 많았지만 제게 가장 인상적이었던 부분은 홈스 역할을 맡은 배우에게 경이 보인 반응이었습니다. 그가 홈스라는 인물을 조금 바꾸어도 되겠느냐고 묻자 경은 이렇게 대답하셨죠.

도일   "결혼을 해도 되고 죽여도 되고 뭐든 마음대로 하시오!"

파크   경은 셜록 홈스 덕분에 부자가 되셨습니다. 그러나 사실상 그에게 이미 작별을 고한 거나 다름없었죠. 안 그렇습니까?

잃어버린 종교 사건

지금 내 앞에는 루스 브랜든Ruth Brandon, 1943~ 이 아서 코넌 도일 경을 묘사한 글이 놓여 있다. 그녀는 이렇게 적었다. "아서 경은 남다른 특징이 많다. 그는 거인 수준으로 키가 크고 힘이 세다. 천부적인 이야기꾼이다. 주장이 강하고 정치적인 영향력이 상당하다. 하지만 가장 놀라운 부분은 아마도 세속적으로 성공한 인물의 모든 속성과, 특히 심령술과 관련된 현상을 곧이곧대로 믿는 거의 어린아이와 같은 면모의 조합일 것이다."

말년에 도일은 셜록이 아니라 심령술로 유명세를 탔다. 그는 엄격한 가톨릭 학교에서 교육을 받았고 예수회 신부들은 아이가 일곱 살까지 예수회 교육을 받으면 평생 예수회 신자로 남는다고 믿는 경향이 있다. 하지만 아서 경은 그렇지 않았고 그의 일대기는 '잃어버린 종교 사건'이 되었다.

도일   남자들은 대개 교회에 다니더라도 도중에 발길을 끊습니다.

신앙심이 사라져서 그러는 건 아닙니다. 나이를 먹으면서 교회에서 하는 말을 믿지 않게 됐을 뿐이지.

파크   기존 종교에 대한 환멸은 앞에서도 피력하셨는데요. 일부 예수회 교사들이 역설한 대로 잔인한 하느님을 못마땅하게 여기셨다고요.

도일   칼뱅파가 됐건 로마 가톨릭교도가 됐건 영국 국교도가 됐건 유대인이 됐건 우주의 통치자를 무자비한 고문관으로 왜곡하는 극단주의자들보다 더 심한 신성모독을 저지르는 사람들이 이 지구 상에 또 있을까요!

파크   그 뒤로 기존의 어떤 종교에도 흥미를 느끼지 못하셨죠.

도일   우리 인류는 종교가 신조나 형식, 의식, 사제, 제의, 성례, 우리 눈에 보이지 않도록 종교를 꽁꽁 덮고 있는 기타 장식이나 치장과 전혀 무관하다는 것을 깨달아야 합니다. 종교의 주안점은 딱 두 가지예요. 행동과 성격. 욕심이 없고 친절한 사람은 누구든 선민입니다. 뭐라고 자칭해도! 반면에 쌀쌀맞고 매정하고 모질고 속이 좁은 사람은 다가올 심판의 날에 어떤 교회, 어떤 종교도 그를 구원할 수 없을 겁니다.

"인류에게 부여된 근사한 종교들마다
처음에는 진실하고 타당한 의미가 있었지만
그것이 과장되고 변모되면서 괴물이 된 거 아닙니까"

파크 그렇다면 종교는 처음부터 썩었을까요? 아니면 점점 썩어버
린 걸까요?

도일 솔직히 인정합시다. 인류에게 부여된 근사한 종교들마다 처음
에는 진실하고 타당한 의미가 있었지만 그것이 과장되고 변모
되면서 괴물이 된 거 아닙니까.

파크 예를 들어주시면 도움이 되겠는데요.

도일 이른바 고해성사만 해도 그렇죠.

파크 아, 네. 신부님 앞에서 죄를 고백하는 거 말씀이죠. "신부님,
제가 죄를 지었습니다."

도일 맞습니다. 동성의 연장자에게 비밀을 털어놓고 그의 충고를
구하는 것보다 더 현명하고 훌륭한 방책이 어디 있을까요? 그
연장자가 술독에 빠지거나 방탕해지기 쉬운 젊은이를 옳은 길
로 인도하고 조용히 나무랄 수 있지 않겠습니까.

파크　네, 그렇겠네요.

도일　그런데 이렇듯 완벽하게 자연스러운 관계에서, 젊은 여자도 결혼을 하지 않은 이성에게 속마음을 털어놓아야 한다는 비정상적이고 위험한 관행이 파생되다니 그야말로 미친 짓이죠! 남자와 여자, 둘 중 어느 쪽이 어린 마음에 상처를 입을지 아무도 모를 일입니다. 만약 젊은 여자에게 고백할 일이 생긴다면 정조와 상식을 감안해서 입이 무거운 기혼녀에게 고백을 해야겠죠.

파크　전통은 역사에 절여진 진실이라는 말도 있습니다. 경은 모든 게 절여졌다고, 신선한 건 아무것도 없다고 말씀하시는군요.

도일　허례허식은 전부 버려야 합니다. 하지만 추가해야 하는, 무한정 중요한 게 한 가지 있죠. 모든 영감의 원천인 하느님은 2000년 전부터 지금까지 이 세상에 꾸준히 메시지와 위로를 전하고 있다고 인정해야 합니다.

파크　그러니까 하느님은 새로운 말씀을 하고 계신데 우리가 전통에 목을 매느라 귀머거리가 됐다는 겁니까?

도일　심령술이라는 운동을 통해서 우리는 보다 고귀한 지식의 원천과 접촉할 수 있고, 그를 통해 우리가 존재하는 이유는 뭔지 사후에 어떤 운명이 기다리고 있는지 확실하게 설명을 들을 수 있다는 것을 알게 되었습니다. 이것이야말로 지난 2000년을 통틀어 가장 중요한 메시지인데 주류 사회에서는 무지하게 조롱하고 경멸하고 있어요.

파크　그러니까 경이 종교를 잃은 게 아니라 종교가 스스로 길을 잃었다고 보십니까?

도일　우리의 종교는 진흙과 황금이 되어버렸습니다. 진흙은 인간이 만든 교리와 의식이고 황금은 그 안에 담긴 영적인 의미예요. 진흙이 하도 오랫동안 황금을 감싸고 있는 바람에 가장 열렬했던 신자들마저 그 안에 든 황금을 절대 보지 못한 채 무거운 마음으로 고개를 돌리고 말았죠. 어느 누구도 그 존재를 의심하지 않도록 들러붙은 진흙을 떼어내고 황금을 드러내서 활용하는 것이 우리에게 주어진 과제입니다.

파크　많은 교인이 경을 부정적인 세력으로 지목하고 있는데요.

도일　나는 보수적이라면 모를까, 부정적으로 말을 하지는 않았습니다. 그리고 내가 눈여겨보는 상대는 기독교 교회에 적을 두고 있는 이 나라의 소수 교인이 아니라 시대에 뒤떨어진 괴상망

측한 구닥다리 교리 때문에 모든 종교 단체에서 쫓겨났고 반 밧싱으로 인해 니세는 종교의 본질마저 잊어버린 다수예요.

파크 다른 말로 하자면 경 같은 사람들이라는 말씀이로군요. 경의 촌평을 몇 개 읽어보니 '구약'성서를 증오하시던데요.

도일 인간과 매우 비슷하며 분노와 질투심과 복수심으로 이글거리 는, 특정 종족만의 하느님을 운운하는 음모를 목격했기 때문 입니다. 이런 음모가 구약성서의 모든 편마다 스며들어 있어 요. 심지어 가장 영적이고 아름답다고 할 수 있는 시편에서마 저 작가는 기품 넘치는 작품을 수없이 읊는 와중에 그의 하느 님이 적들을 어떤 식으로 무시무시하게 처단할지 노래합니다. "모조리 때려 부수리라!" "눈에는 눈!" 광적인 살인마의 섬뜩 한 입술에 이보다 더 어울리는 대사가 어디 있을까요. 성 바르 톨로메오 축일 때 프랜시스, 마그데부르크에서 틸리 백작, 드 로이다에서 크롬웰, 필립호우Philliphaugh에서 서약파, 뮌스터의 재세례파와 유타 주의 초기 모르몬교도들. 모두 이 불경스러 운 문헌을 자신들의 살인 충동을 뒷받침하는 근거로 삼았습 니다. 핏자국이 역사를 관통하고 있어요.

파크 그러니까 구약성서는 역겹지만 예수그리스도에는 매력을 느 끼시는 건가요?

도일 한 가지 기억해야 할 사실이 뭔가 하면 우리가 추산하기로 예수그리스도가 이 세상에서 보낸 시간은 33년이었습니다. 반면에 체포돼서 부활하기까지 걸린 시간은 일주일도 안 됐고요. 그런데 기독교의 시스템은 그의 죽음 위주로 돌아가고 있어요. 그의 삶이 남긴 아름다운 교훈만 예외일 뿐이죠. 한쪽에만 너무 중점을 두고 다른 쪽은 너무 소홀히 하고 있다는 겁니다. 사실 그의 죽음이 아름답고 완벽하기는 했지만 소신을 위해 목숨을 바친 다른 수많은 사람에 비해 독보적이지는 않습니다. 그러나 자비롭고 마음이 넓고 남을 위하고 용기 있고 합리적이고 진보적이었다고 일관적으로 기록된 그의 삶은 매우 남다르고 초인적이죠. 축약과 번역을 거친 전문만 봐도…….

파크 복음서 말씀입니까?

도일 그것만 봐도 다른 어느 누구의 삶에서도 느껴본 적 없는 감정이 느껴지지 않습니까. 경외감이 가슴속을 가득 채우는 기분을요. 인간의 본성을 나쁘지 않게 보았던 나폴레옹도 이렇게 얘기했습니다. "예수그리스도는 다르다. 그의 모든 것이 놀랍다. 그의 기백이 놀랍고, 그의 의지는 당혹스럽다. 그는 진정으로 특별한 존재다. 그에게 다가가 좀 더 자세히 들여다볼수록 모든 면이 나보다 위대하게 느껴진다."

파크　설득력 있는데요. 처음 듣는 간증입니다.

도일　이 위대한 삶―그 안의 본보기와 자극―이야말로 성령이 이 땅에 내려오신 진정한 목적이었습니다. 만약 인류가 대속과 있지도 않은 추락을 강조하는 신비주의적이고 논쟁적인 철학과 더불어 헛된 꿈속에 빠져 지내지 않고 그의 삶에 열심히 집중했다면 우리의 문화와 행복의 수준이 오늘날 얼마나 달라졌을까요!

파크　경은 예수님을 둘러싼 교회의 일부 주장을 일축하는 데 그치지 않고 경만의 새로운 주장을 제기하고 계신데요. 예를 들어 저만 해도 예수가 영매를 언급한 적 있다는 이야기는 금시초문입니다.

도일　심령 지식이 없는 사람은 신약성서의 많은 부분을 제대로 이해할 수 없습니다.

파크　그게 무슨 말씀인가요?

도일　예수가 자기 몸을 만진 여자 환자에게 한 말을 예로 들어봅시다. "누군가 내 몸을 만졌구나." 예수는 이렇게 얘기했죠. "기운이 내 몸 밖으로 빠져나가는 게 느껴지는 것을 보니." 치유의 능력이 있는 영매가 바로 그런 기분을 느끼거든요.

파크 그러니까 우리가 지금까지 예수를 잘못 알고 있었다는 겁니까?

도일 우리의 사고력과 지적 능력을 동원해서 그의 가르침을 달라진 생활과 시대에 맞게 개조해야죠.

파크 시대가 달라졌으니 예수가 한 말도 손볼 필요가 있다?

도일 그 당시 사회와 표현 방식이 예수가 했던 이야기의 많은 부분에 영향을 미쳤으니까요.

파크 예를 들면 어떤 게 있을까요?

도일 요즘 같은 때 가난한 사람들에게 전 재산을 내주어야 한다거나 굶주린 영국군 포로도 적군인 카이저를 사랑해야 한다거나 예수가 그 당시에 해이한 결혼 생활에 반대했으니 서로 증오하는 부부라도 평생 노예처럼, 순교자처럼 매여 있어야 한다고 주장한다면 그의 가르침을 희화하고 그의 가르침에서 가장 큰 특징이라고 할 수 있는 군건한 상식을 제거하는 행위가 되겠죠. 합당한 방편을 찾아야 할 때 인간의 본능상 불가능한 것을 요구하면 설득력이 떨어지지 않겠습니까.

"나는 내 주변에서 하느님의 권능뿐 아니라
유난히 사랑이 넘치고 따뜻한
하느님의 마음씨를 느낍니다"

파크 하지만 복음서를 고쳐 쓰면서 많은 종교의 근간이라 할 수 있
는 부분을 이야기할 수도 있겠습니다. 사랑이 넘치고 따뜻한
하느님의 마음씨에 대해서도 말입니다.

도일 나는 내 주변에서 하느님의 권능뿐 아니라 유난히 사랑이 넘
치고 따뜻한 하느님의 마음씨를 느낍니다. 주로 사소한 것들
을 통해서요.

파크 그게 무슨 말씀인가요?

도일 아름답고 향기로운 꽃을 보세요. 실용적인 관점에서 보자면
꽃이 없어도 사는 데에는 아무 지장이 없습니다. 꽃에는 아무
기능이 없어요. 마음씨 따뜻한 누군가 선물한 덤인 거죠. 생활
필수품 사이에 놓인 사치품과 같다고 할까요. 무한정하고 다
양한 맛도 그렇고요.

파크 그러니까 경과 종교 사이에는 타협점이 있는 거로군요. 이야기를 듣고 보니 경의 타깃은 예전 종교와 철학이 아니라는 생각이 듭니다. 아무래도 신흥 종교와 철학이겠죠?

도일 이 새로운 깨달음으로 인해 치명적인 타격을 입을 종교 또는 철학은 딱 하나뿐입니다.

파크 그게 뭘까요?

도일 유물론이죠. 내가 유물론자들에게 어떤 악감정이 있어서 이런 말을 하는 건 아닙니다. 내가 보기에 그들은 하나의 조직이라는 관점에서 보았을 때 여느 계층 못지않게 열성적이고 도덕적이에요. 하지만 물질이 없어도 영혼이 살 수 있다면 유물론의 기반이 사라지고 그 발상 자체가 와르르 무너지겠죠.

전 세계가 전쟁에 돌입했을 때

심령술 운동은 1840년대에 미국에서 폭스 자매The Fox Sisters. 최초의 강령술사에 의해 시작됐지만 순식간에 영국으로 건너와서 존 러스킨John Ruskin, 1819~1900과 같은 유명 작가들로부터 호응을 얻었다. 1880년대에 이르자 곳곳의 빅토리아풍 응접실에서 망자와 교신하려는 시도가 빈번하게 이루어졌다. 바로 그 시기에 사우스시에서 의사 생활을 하고 있던 도일이 처음으로 교령회에 참석하게 되었다. 미국에서는 남북전쟁의 희생자 수가 늘어날수록 심령술 운동에 대한 관심이 심화되었다면 영국에서는 제1차 세계대전의 희생자 수가 늘어날수록 이에 대한 관심이 고조되었다.

도일은 1893년에 심령연구협회에 가입했다. 하지만 아들 킹즐리가 사망하고 1년이 지난 1919년이 되어서야 그는 공개적으로 심령술 운동을 지지하고 나섰다. 전쟁의 충격과 피해로 망자와의 교신을 둘러싼 논쟁의 성격이 달라졌기 때문이다. 갑자기 촌각을 다투는 긴급한 문제로 부상한 것이다.

파크　경은 제1차 세계대전의 의미를 과소평가한 적이 없었죠. 1918년에는 생캉탱 전투제1차 세계대전 중 독일군이 영국군의 허를 찌른 전투 현장을 직접 목격하셨고요.

도일　다리가 잘린 말들이 쓰러진 병사들의 피로 물든 잔해 사이에서 고개를 치켜들었다가 떨구던 광경은 죽을 때까지 잊지 못할 겁니다.

"인류에게 들이닥친 가장 끔찍한 재앙을
감당하는 것이 수없이 많은 세대 중에서
우리 세대에게 주어진 운명인 겁니다"

파크　경이 보시기에 그에 견줄 만한 광경이 또 있을까요?

도일　아니요. 인류에게 들이닥친 가장 끔찍한 재앙을 감당하는 것이 수없이 많은 세대 중에서 우리 세대에게 주어진 운명인 겁니다.

파크　그리고 경은 우리가 이 재앙을 모르는 척하지 말고 앎을 확장하는 계기로 삼아주길 바라시지 않습니까?

도일　부인할 수 없고 간과해서는 안 되는 기본적인 사실이 한 가지 있습니다. 거기에서 가장 의미심장한 결론이 곧바로 도출되기 때문에 간과해서는 안 되는 것인데, 어떤 결론인가 하면 고통을 감수한 우리가 그 고통에 담긴 교훈을 배워야 한다는 겁니다. 우리가 그걸 배워서 널리 알리지 않으면 누가 그걸 널리 알릴 수 있겠습니까? 그렇게 정신적으로 쟁기질을 하고 써레로 고르며 파종 준비를 하는 때가 두 번 다시는 오지 않을 텐데요.

파크 부디 이번 한 번으로 그쳐야 할 텐데 말입니다.

도일 만약 우리의 영혼이, 그 끔찍했던 5년을 희생하고 마음을 졸이면서 괴롭게 보내고 난 뒤에도 근본적으로 달라지지 않는다면 하늘에서 새로운 영감이 쏟아진들 어떤 영혼이 반응할 수 있을까요? 그런 사태가 벌어진다면 인류는 희망이 없고 앞으로도 발전의 가능성은 영영 사라질 겁니다.

파크 그러니까 그런 일이 벌어지지도 않았던 것처럼 눈을 돌리면 안 된다는 말씀이로군요. 오히려 전쟁은 붙잡아야 할 순간이라고요.

도일 전쟁의 충격은 우리를 정신적으로, 도덕적으로 각성하게 만드는 계기가 되어야 합니다. 케케묵은 거짓을 용감하게 떨치고,

방대하고 새로운 깨달음을 인식하고 활용하게 만드는 계기가 되어야 합니다. 기존의 증언과 증거를 열린 마음으로 검토할 의사가 있는 모든 이의 눈에 분명하게 공표되었고 증거도 넘쳐나는 새로운 깨달음을 말입니다.

파크   이 시점에서 제가 문제를 하나 제기해도 되겠습니까, 아서경? 경은 가끔 경의 새로운 메시지가 등장하기 전에는 모든 게 형편없었다는 식의 뉘앙스를 풍기실 때가 있는데요. 사실은 그렇지가 않습니다.

도일   예전에는 개개인이 아주 도덕적이고 아량이 넓었으며 고결했다는 건 부인할 수 없는 사실입니다. 하지만 교회들은 인류를 위한 영혼의 양식이라고는 찾아볼 수 없는 빈 껍데기가 되었고 영혼이 없는 형태라면 모를까 대부분이 더 이상 아무 영향력도 발휘하지 못하죠. 과장이 아닙니다. 이것으로 미루어 짐작하면 전쟁의 내적인 원인이 뭐였는지 알 수 있지 않을까요?

파크   전쟁에 좀 더 고차원적인 원인이 있었다고 생각하시는군요. 권력을 부여받은 인간들의 광기라는 평범한 원인이 아니라 그보다 한 차원 높은 원인이요.

도일   아무래도 쑥덕공론과 격식을 갖춘 다과회, 숭검崇儉 사상, 토요일 저녁의 음주, 자기 본위적인 정치, 신학 논쟁에 빠진 인류를 건져 올릴 필요성이 있지 않겠습니까. 그들을 깨워서 그들이 과거와 미래 사이에 칼날처럼 좁은 낭떠러지를 딛고 서 있다는 것을, 지금 당장 거짓 놀음을 중단하고 게으름이나 두려움이나 기득권으로 시야가 가려져서 보지 못했을 뿐 언제나 손 내밀면 닿을 그 자리에 있었던 진실을, 진심을 다해 용감하게 직면해야 한다는 것을 일깨울 필요성이 있지 않겠습니까.

파크   그것이 만약 모닝콜이라면 잔인한 모닝콜이 되겠군요. 옳고 그름을 분간하기 어렵게 만드는 모닝콜이기도 하고요. 경은 이 폐해가 좋은 거였다고 주장하시는 겁니까?

도일   옳고 그름은 우주의 운명을 결정하는 그 위대한 손이 행사하는 도구죠. 발전의 매개체이기도 하고요. 한쪽의 효과는 즉각적이고 다른 쪽은 좀 더딥니다. 하지만 확실하지요. 우리는 궁극적인 결과를 충분히 심도 있게 따져보지 않고 사회의 즉각적인 편의성에 따라 옳고 그름을 판단하는 경우가 많습니다.

파크   자연과 진화에 대해서도 그 비슷한 말씀을 하시는 걸 들은 기억이 있습니다. 여기에도 '좋은 잔인함'이 있다고요.

도일   나는 계속 진화의 길을 걷고 있는 자연이 두 가지 방식으로 우리 인류의 내실을 다진다고 생각합니다. 첫 번째 방법은 뭔가 하면 지식을 늘리고 종교적인 시각을 넓혀서 도덕관념이 투철한 사람들을 발전시키는 것이죠.

파크 두 번째는요?

도일 두 번째도 첫 번째 못지않게 중요합니다. 도덕관념이 나약한 사람들을 제거하고 멸종시키는 방법이죠. 술과 패륜 행위를 통해서 말입니다.

파크 묵시록의 네 명의 기사백·적·흑·청색 말에 탄 네 명의 기사. 각각 질병, 전쟁, 기근, 죽음을 상징한다가 둘로 줄었군요. 술과 패륜 행위, 둘로요!

도일 그 두 가지야말로 인류가 궁극적인 완벽을 추구하는 데 가장 결정적인 역할을 한다고 볼 수 있습니다. 당대만 놓고 생각해보면 그런 짓을 저지른들 본인만 추락하고 불행해질 따름이죠. 하지만 그로부터 3세대 이후에는 어떻게 될까요? 육체적, 도덕적으로 나약한 술꾼과 난봉꾼 집안은 소멸하거나 소멸의 길을 향해 걷고 있을 겁니다. 대다수의 술꾼은 자기 종족을 전혀 보존하지 못할 겁니다.

파크 과격한 표현인데요, 아서 경. 개인적인 감정이 실린 발언처럼

빅토르 바스네초프, 〈묵시록의 네 명의 기사〉, 1887

느껴집니다.

그가 나를 똑바로 쳐다보자 나는 살짝 당황스러워진다.

파크 전쟁이라는 암흑기의 이야기로 다시 돌아가자면, 경이 그전부터 심령술 운동에 얼마나 관심이 있었는지 몰라도 전쟁 이후에 태도가 확연하게 달라진 것은 분명합니다. 메시지를 자연스럽게 받아들였고, 1919년에는 처음으로 심령술을 공개적으로 지지하셨지요. 특별한 계기라도 있었습니까?

도일 고통으로 신음하는 세상 속에서 아직 피지도 못한 꽃다운 청춘들의 사망 소식이 날마다 전해지고, 사랑하는 이가 어디로 사라졌는지 제대로 알지 못하는 아내와 어머니 들이 도처에 즐비했으니 내가 어쩌다 한 번씩 고민했던 이 문제가 단순히 과학의 법칙에서 벗어난 능력을 연구하는 학문이 아니라 두 세계 간의 벽을 허무는 무언가 어마어마한 것임을 문득 깨달았던 듯합니다. 그건 엄연히 저승에서 건너왔고 누구도 부인할 수 없는 직접적인 호출, 엄청난 고통이 닥쳤을 때 인류에게 전해진 희망과 인도의 외침이었어요.

파크 두말하면 잔소리겠지만 경으로서도 가장 큰 고통을 겪은 시기였죠. 애지중지했던 동생 이니스와 아들 킹즐리를 비롯해서 아홉 명의 가족을 전쟁으로 잃었으니까요.

도일 심령술이 사기가 아니라는 결론을 내리고 나자 심령술의 객관적인 측면에는 더 이상 관심이 생기지 않더군요. 그 문제는 그렇게 끝이 났습니다. 그보다 훨씬 더 중요한 것이 심령술의 종교적인 측면이었으니까요.

파크 심령술이 종교적으로 어떤 해결책을 제시하던가요?

도일 엄청나게 기쁜 소식을 알려주었습니다. 인류에게 새롭게 주어진 생명의 메시지 중에서 엄청나게 기쁜 그 소식보다 중요한 건 없을 겁니다.

심령 박물관에서, 연도 미상

위대한 후디니의 놀라운 사건

도일과 해리 후디니Harry Houdini, 1874~1926. 미국의 마술사의 우정은 대서양을 사이에 두고 편지를 주고받는 데서 시작됐다. 두 사람 모두 심령술 운동의 근거를 따지는 데 관심이 많았다. 둘은 영국 순회에 나선 후디니가 브라이턴에서 공연을 열었을 때 처음으로 만났다. 도일은 그의 기술에 감동과 당혹감을 느꼈다. 그는 후디니를 자기 집으로 초대했고 영국에서 백여 건의 교령회에 참석할 수 있도록 주선했다. 고국으로 돌아간 후디니는 모든 교령회에서 사기극을 보았노라고 주장했다.

그들의 우정은 시험대를 거쳐야 할 운명이었다. 서로 전혀 다른 방향에서 다가갔던 두 남자의 이야기를 들어보자.

파크 아서 경, 경은 해리 후디니가 근대를 통틀어 가장 위대한 물리적 영매물체 부양 등 물리적인 심령현상을 일으키는 영매였다고 생각하시죠.

도일 결정적이고 분명한 증거를 제시할 방법은 아직 없지만 헨리

데이비드 소로Henry David Thoreau, 1817~1862. 미국의 사상가가 우유병에서 송이를 발견했을 때 한 말처럼 정황증거도 때로는 아주 강력할 수 있죠. 예견하건대 이 문제를 놓고 앞으로도 오랫동안 논쟁이 벌어질 겁니다. 내 의견이 궁금할 수도 있겠지요. 나로 말할 것 같으면 그를 잘 아는 데다 그가 물리적 영매일지 모른다고 예전부터 생각했으니까요.

"후디니는 지금까지 만난 사람들 중에서
단연코 가장 특이하고 흥미로운 인물입니다"

파크 맞습니다.

도일 먼저 짚고 넘어가자면 내가 짧지 않은 인생을 사는 동안 온갖 부류와 접촉했지만 후디니는 지금까지 만난 사람들 중에서 단연코 가장 특이하고 흥미로운 인물입니다.

파크 어째서 그렇습니까?

도일 그보다 훌륭한 사람도 만나보았고 그보다 훨씬 형편없는 사람도 여럿 만나보았지만, 그처럼 성격이 모순적이고 행동과 동기를 예견하거나 이해하기 어려운 사람은 본 적이 없기 때문입니다.

탈출 마술을 준비하는 해리 후디니. 1905

파크　좋은 면도 있고 좋지 않은 면도 있었다는 말씀이로군요?

도일　네, 먼저 그의 성격적인 장점부터 짚고 넘어갑시다. 그게 알맞은 순서니까요. 그는 담력이라는 지극히 남자다운 특징이 극에 달한 인물이었습니다. 그렇게 무모하고 대담한 묘기를 선보인 사람은 지금까지 없었고 앞으로도 아마 없을 겁니다. 그의 일생이 그런 묘기의 연속이었는데, 3000피트 상공에서 수갑을 차고 이 비행기에서 저 비행기로 뛴 적이 있었다고 하면 어떤 수준이었는지 짐작이 되겠죠.

파크　거의 초인적이로군요.

도일　그런데 그도 선뜻 인정했다시피 그의 묘기와 관련된 여러 부분에 심령적인 요소가 깃들어 있었습니다.

파크　그게 무슨 말씀인가요?

도일　그의 이성이나 판단과 별개인 어떤 목소리가 그에게 뭘 어떤 식으로 하면 되는지 가르쳐준다고 했거든요. 그 목소리가 시키는 대로 하면 안전을 확신할 수 있다고요. "통나무에서 뛰어내리는 것만큼 쉬워요." 그 친구는 이렇게 얘기했어요. "하지만 그 목소리가 들릴 때까지 기다려야 하죠. 점프할 때가 되면 누구나 느끼는 두려움을 삼키면서 기다려요. 그러다가 드디어 목소리가 들리면 뛰어내리죠. 예전에 한번 내 마음대로 뛰어내렸다가 하마터면 목이 부러질 뻔했다니까요.” 이 정도면 그가 보여준 공연마다 심령적인 요소가 깃들어 있을 거라는 내 짐작이 맞았다고 시인한 거나 다름없습니다.

파크   그러니까 어마어마하게 겁이 없고 심령적으로 깨어 있는 분이었군요. 그것 말고는요?

도일   겁이 없었던 것 말고도 유쾌하고 점잖은 일상 태도가 두드러진 특징이었어요. 같이 있으면 그보다 더 훌륭한 친구가 없었죠. 당사자가 없는 자리에서 아주 뜻밖의 행동과 발언을 할 때는 있었지만요. 대부분의 유대인이 그렇듯 그 역시 가족을 대하는 마음가짐이 모범적이었습니다. 기회가 닿을 때마다 공개적으로 표현했다시피 돌아가신 어머니에 대한 사랑이 그 평생 가장 큰 애착이었죠. 진심이었을 테지만 우리처럼 좀 냉정한 서양인들이 보기에는 의아하게 느껴지기도 합니다.

파크   자기 부모에 대해 느끼는 감정을 솔직하게 표현하는 사람이 거의 없으니까요.

도일   후디니는 벤저민 디즈레일리Benjamin Disraeli, 1804~1881. 영국의 정치가

만큼이나 동양적인 면이 많았어요. 아내에게도 헌신적이었는데 그두 그런 것이 아내 역시 그에게 헌신적이었거든요. 그런데 아내에 대한 애정을 표현하는 방식이 특이했죠. 상원위원회 심문에서 한 심령술 옹호자가 격렬하고 집요하게 영매 타도 운동을 벌이는 의도가 뭐냐고 몰아붙이자 그는 자기 아내를 돌아보며 이렇게 물었답니다. "나 원래 순둥이 아니야?"

파크 어머니에게 인정받길 바라는 어린아이나 할 것 같은 소리인데요.

도일 그의 장점이 또 한 가지 있다면 인정이 많다는 거였어요. 듣자하니 빈털터리, 특히 그와 같은 업계 종사자들의 마지막 보루가 그였다고 하더군요. 그의 선행은 심지어 죽은 다음까지 이어져서 어느 마술사의 묘비를 보수해야 한다는 소식이 들리면 당장 나서서 조치를 취했답니다. 한번은 길을 가다가 어떤 남자가 갑자기 끌어안아서 후디니가 화를 내며 왜 이러느냐고 물었는데 남자가 이렇게 대답했답니다. "아니, 제 월세를 10년 동안 내주고 계시잖아요."

파크 훈훈한 미담이네요.

도일 그리고 친자식은 없었지만 아이라면 사족을 못 썼죠. 아무리 바빠도 꼭 짬을 내서 어린이들을 위한 무료 공연을 열었어요. 에든버러에서는 맨발로 다니는 아이들을 보고 충격을 받아서 그 친구들을 전부 공연장으로 데리고 가서 부츠 500켤레를 맞췄답니다. 워낙 걸어 다니는 광고판 같았던 유명 인사라서 지역신문사에 미리 귀띔이 갔을 거라는 추측도 가능한데, 아무튼 홍보 효과는 톡톡히 누렸지요.

"이 엄청난 허영심이, 끝 간 데 없고
무슨 수를 써서라도 충족시켜야 하는 유명세에 대한
열망과 결합됐으니 자신을 알릴 기회를 포착했다 하면
그 무엇도 그를 말릴 수가 없었죠"

파크   그런 장점들이 있었군요. 하지만 다른 측면은 어떻습니까? 저울에는 접시가 두 개 달려 있기 마련인데요.

도일   그의 성격에서 가장 큰 특징은 허영심이었는데 워낙 어린애 같아서 기분 나쁘다기보다 재미있게 느껴졌어요. 한 가지 기억나는 것이, 예를 들어 자기 형을 나에게 소개할 때도 이랬답니다. "이쪽은 위대한 후디니의 형입니다." 장난스럽게 눈을 반짝이지도 않고 아주 자연스럽게 말이죠! 이 엄청난 허영심이, 끝 간 데 없고 무슨 수를 써서라도 충족시켜야 하는 유명세에 대한 열망과 결합됐으니 자신을 알릴 기회를 포착했

하면 그 무엇도 그를 말릴 수가 없었죠.

파크 　그러니까 밖으로 나가야만 하는 성격이었군요. 사람들 앞에
　　　서야만 하는, 침묵을 끔찍하게 싫어했고요.

도일 　심지어 누군가의 무덤에 꽃을 바칠 때도 지역신문 사진기자
　　　들을 미리 대기시켜놓았어요. 심령술에 격렬하게 반대한 것도
　　　이런 식으로 끊임없이 주목을 받고 싶어 하는 욕망이 있었기
　　　때문입니다. 그 문제에 대한 대중의 관심이 지대하다는 것을
　　　알았으니 언론의 주목을 받을 기회가 무궁무진하게 제공된 셈
　　　이었죠.

파크 　어떤 식으로 반대 운동을 벌였나요?

도일 　그를 비롯해서 여타의 마술사들이 가장 애용했던 수법은 지폐
　　　다발을 펄럭인 거였죠. 그런데 어처구니없는 게, 테스트 주최
　　　자를 만족시켜야 그 돈을 받을 수가 있었던 겁니다. 그런데 테
　　　스트 주최자는 그 돈을 주기 싫으니까 절대 만족하지 못한 척
　　　했죠!

파크 　심령술사들에게 '증거'를 보여달라고 하면서 증거의 조건은
　　　테스트 주최자가 결정했으니까요. 그 조건에 부합하는 증거가

나올 리 없으니 돈은 안전하겠죠.

도일 　전형적인 사례가 〈사이언티픽아메리칸〉 아닙니까. 심령현상
의 신빙성이 입증되면 거금을 주겠다고 해놓고 크랜던1922년에
〈사이언티픽아메리칸〉에서 거액의 현상금을 내걸고 영적 능력의 실재 여부를 확인
하기로 했다. 이에 외과 의사의 아내인 미나 크랜던이 '마저리'란 가명으로 심사에
도전, 1924년에 상금을 받았다. 그러자 후디니가 이에 반발, 3회에 걸친 실험이 재개
됐다의 경우와 이런저런 핑계를 대며 상금을 주지 않았죠. 심
령술 연구 사상 증거가 가장 확실한 심령현상이었는데 말입
니다.

파크 　약아빠졌네요.

도일 　그리고 내가 뉴욕에 갔을 때 후디니가 다른 영매들의 능력을
뭐든 똑같이 따라해볼 테니 거금을 달라고 한 적이 있어요. 나
는 당장 그의 도전을 받아들여서 우리 어머니의 얼굴을 현시
해보라고 했습니다. 나 말고 생전에 어머니와 알고 지냈던 다
른 사람들이 알아볼 수 있을 만한 수준으로요. 그 뒤로 후디니
쪽에서는 아무 소식 없이 잠잠했는데, 영국에서 어떤 영매가
성공을 거두었단 소식을 들었습니다! 그쪽에서 테스트 제안
을 받아들였다면 내가 증인들을 데리고 대서양을 건너갔을 겁
니다.

파크 하지만 그가 의심한 이유를 경도 아시잖습니까. 영국보다 미국에 사기꾼이 더 많았으니까요.

도일 내가 미국의 부패 수준을 과소평가했던 건 인정합니다. 맨 처음으로 그걸 느낀 게 내 친구 크랜던 부인이 사기 공연을 벌이는 데 필요한 도구를 제작하는 회사의 카탈로그를 받고 있다는 이야기를 들었을 때였어요. 그런 회사가 굴러가고 있는 걸 보면 사악한 수법이 통용되고 있다는 것이니 분별력 있는 후디니의 눈에도 당연히 그게 보일 수밖에요. 실제로 이런 하이에나들이 우리의 발목을 잡고 있습니다. 그래서 나는 그들의 정체를 폭로하는 데 동참하고 있고요.

파크 한창 때 여럿 폭로하셨다고 알고 있습니다. 하지만 후디니는 전부 가짜라고 선포하고 싶어 했죠.

도일 그래서 내가 후디니에게 충고를 했습니다.

파크 뭐라고 하셨습니까?

도일 이렇게 말했어요. "당신은 심령술의 부정적인 측면에 대해서 아는 게 많군요. 앞으로는 긍정적인 측면을 접할 기회가 더 많아졌으면 좋겠습니다." 탐정이 용의자 대하듯 하지 말고 겸손한 신자가 도움과 평안을 구하듯 해야 한다는 뜻이었죠.

파크   후디니는 절대 그러지 않았을 것 같은데요.

도일   맞습니다.

파크   그래도 그의 일기를 보면 경의 집념에 감동을 받았다고 했죠. 일기에 쓴 내용을 읽어볼까요? "크로버러에 있는 아서 코넌 도일 경의 저택을 방문했다. 도일 부인과 세 자녀를 만났다. 같이 점심 식사를 했다. 그들은 심령술을 무조건적으로 신봉한다. 아서 경은 아들과 여섯 번 대화를 나누었다고 한다. 사기극일 가능성이 절대 없었다고 한다. 도일 부인도 그걸 신봉하며 믿지 않는 실험들을 실시했다고 한다. 어떤 실험들이 었는지 나에게 전부 이야기해주었다." 그가 자기 생각은 밝히지 않았을지 몰라도 두 분의 생각이 어느 정도로 철석같은지는 분명히 아는 눈치입니다.

도일   그랬던 모양입니다.

파크   그러다 두 분의 관계에서 결정적인 사건이 발생합니다. 경이 어느 교령회에서 자동 기술의 재능이 있는 경의 부인을 통해 돌아가신 후디니의 어머니와 실제로 접촉했다고 믿었을 때 말

입니다. 경의 부인은 그의 어머니가 한 말을 기록으로 남겼죠

도일 맞습니다. "오, 아들아. 하느님 감사합니다. 하느님 감사합니다. 드디어 내가 성공했구나—지금까지 몇 번이나 노력했는지 몰라—이제 행복하다. 친구분들, 진심으로 고마워요!"

파크 하지만 후디니는 감동을 받지 않았고 이렇게 덧붙입니다. "도일 부인은 돌아가신 우리 어머니의 혼령이 부인의 손을 빌려서 쓴 메시지라고 주장하지만 사랑하는 우리 어머니는 영어를 쓸 줄 몰랐고 말도 어눌했다." 그러고 나서 뉴욕의 여러 신문을 통해 경을 공격했죠. 그때 심정이 어떠셨습니까?

도일 친구와 공개적으로 논쟁을 벌일 생각이 없었으니 모르는 척했습니다. 그래도 속이 좀 쓰렸죠.

파크 그러고 나서 크랜던 사건이 벌어졌는데요. 경은 그 사건으로 후디니의 본심이 드러났을 뿐 아니라 훨씬 암울한 결과로 이어졌다고 생각하시죠.

도일 그 친구는 크랜던과 같은 부류가 어떤 과정을 거쳐서 어떤 현상을 보이는지 익히 알고 있었죠. 그랬으니 계획을 세우기가 수월했을 겁니다.

파크　　그는 크랜던 부인이라는 영매가 바보 같아 보이길 바랐지요.

도일　　맞습니다. 하지만 그 자리를 주관한 월터라는 혼령을 감안하지 못했어요.

파크　　월터라면 세상을 떠난 크랜던 부인의 오빠를 말씀하시는 거군요.

도일　　그는 세상을 떠난 크랜던 부인의 오빠였고 생생하게 살아 있는 존재로서 아무 죄 없는 자기 여동생이 유럽의 웃음거리로 전락하도록 내버려둘 생각이 없었죠. 마술사가 치밀하게 수립한 계획에 제동을 건 인물은 보이지 않는 월터였습니다.

파크　　흥미진진한데요. 어떻게 된 일입니까?

도일　　나도 당시 그녀의 동료가 적어놓은 기록을 읽었을 뿐이에요. 첫 번째 실험은 나무 덮개를 눌러야만 소리가 나는 전기 벨을 영매의 손이 닿지 않는 곳에 놓고 그걸 울리게 하는 거였습니다. 방 안의 조명을 끄고 한참이 지났는데 벨은 울리지 않았죠. 그때 갑자기 월터의 성난 목소리가 들렸습니다. "후디니, 벨이 울리지 않도록 네가 뭘로 막아놨잖아. 이 나쁜 놈아!" 그는 이렇게 외쳤죠. 월터는 과격한 표현을 많이 알았고 절대 고

상한 척하지 않았습니다. 그게 그 세계에서는 다 쓸모가 있거든요. 최소한 이 사건에서도 확실히 쓸모가 있었죠. 불을 켜서 살펴보니 벨을 울릴 수 없도록 나무 덮개 사이에 연필 고무가 끼워져 있었습니다.

파크   월터는 후디니가 그걸 넣었다고 생각한 겁니까?

도일   후디니는 그게 어쩌다 거기 들어갔는지 전혀 모르겠다고 했지만 어두컴컴한 데서 그 정도로 손재주가 좋은 사람이 또 누가 있을까요? 그리고 그가 있을 때만 그런 일이 벌어진 이유는 뭘까요? 그가 나중에 아무도 모르게 고무를 없애고 자신의 등장만으로도 더 이상의 속임수는 불가능하다고 선포할 수 있었다면 첫 번째 게임은 그의 승리로 돌아갔겠죠.

파크   네, 그랬겠네요.

도일   그는 월터의 경고를 새겨듣고 자신의 상대가 강력하다는 것을, 너무 심하게 도발하면 위험할 수도 있다는 것을 깨달았어야 했지요. 그보다 훨씬 더 심각한 사건이 기다리고 있었으니까요.

파크   후디니에게 또 다른 꿍꿍이가 있었던 겁니까?

도일   그들은 상자를 다시 만들어서 양쪽에 구멍을 뚫고 그 안에 들어간 부인에게 팔을 내밀게 했습니다. 그러던 중에 후디니가 아무 이유 없이 부인의 팔을 지나서 상자 안으로 손을 집어넣었어요. 잠시 후 부인은 팔을 안으로 들여놓고 고개만 내민 채 종을 울려야 했습니다. 이때 갑자기 월터가 끼어들었어요. "후디니, 이 나쁜 놈아!" 그가 고래고래 소리를 질렀습니다. "통 안에 자를 넣다니. 이 나쁜 놈! 명심해라, 후디니. 네가 평생 살 수 있을 것 같으냐. 언젠가는 너도 죽을 목숨이야." 불을 켜 보니 놀랍게도 상자 안에 60센티미터 접이식 자가 들어 있지 뭡니까. 아주 끔찍한 수법이었던 것이, 만약 벨이 울렸으면 후디니가 통 안을 뒤져보라고 요구했을 테고 그랬으면 자가 나왔을 겁니다. 영매는 자를 입에 물어서 뻗으면 종이 든 상자의 덮개를 누를 수 있었으니 그다음 날 후디니의 명민함과 크랜던 부부의 비열한 수법이 만천하에 드러나면서 온 미국이 시끌벅적해졌겠지요.

"후디니의 또 다른 특징이 있다면
이승은 물론이고 저승의 그 어떤 것에도
절대 끝까지 당황하지 않는다는 겁니다"

파크   월터가 그렇게 고함을 지르고 난 뒤에 어떻게 됐습니까?

도일　보이지 않는 자의 분노에 후디니는 순간 완전히 압도당해서 맥을 못 추었죠. 하지만 후디니의 또 다른 특징이 있다면 이승은 물론이고 저승의 그 어떤 것에도 절대 끝까지 당황하지 않는다는 겁니다.

파크　부끄러워하지 않았다는 겁니까?

도일　믿기지 않을지 모르겠지만 그는 광고를 했어요. 크랜던 부부가 사기꾼임을 입증했고 자세하게 설명할 수 없는 방식으로 그들의 정체를 폭로하는 데 성공했다며 미국 전역에 팸플릿을 뿌렸습니다. 하지만 전말을 아는 사람의 입장에서 얘기하자면 이 사건으로 정체가 폭로된 사람은 후디니뿐이었고 그의 이력에 가장 심각한 오점으로 남았지요.

파크　이 사건이 암울한 결과로 이어졌다고 하셨는데요.

도일　크랜던 부부는 아주 인내심이 많고 너그러워서 신경에 거슬리는 상대를 만나더라도 싹싹하고 서글서글하게 대합니다. 하지만 세상에는 인간의 능력으로 어쩔 수 없는 기운도 있는 법이라 그날부터 후디니의 머리 위로 짙은 그늘이 드리워졌죠.

파크　그게 무슨 말씀입니까?

도일   그의 심령술 반대 운동은 점점 도를 넘더니 거의 편집증 수준으로 치달아서 광적인 종교계 인사들에게 재정적으로 후원을 받는다는 소문이 돌 정도였습니다. 물론 나는 믿지 않았지만요. 그는 체면치레 차원에서 부정한 영매들만 공격하는 거라고 선언했지만 곧바로 이 세상에 정직한 영매는 없다고 주장했습니다. 겉으로만 중도를 지키는 척했던 거죠! 그가 전미심령술협회의 자료를 검토했더라면 이 단체가 사기꾼을 포착하는 솜씨가 자기보다 훨씬 뛰어나다는 사실을 알 수 있었을 겁니다. 그들은 진짜와 가짜를 구분하는 데 필요한 경험이 풍부했으니까요.

파크   그러니까 그의 죽음은 여러 사람들이 예견한 결과였고 어쩌면 심판을 받은 것일 수도 있다는 말씀입니까?

도일   후디니의 죽음에는 주목할 만한 부분이 몇 군데 있었죠. 1926년 10월 22일 금요일에 그는 분장실에 누워서 편지를 읽고 있었던 모양입니다. 시각은 오후 5시 무렵이었고요. 며칠 전에 맥길대학교에서 강연을 했던 터라 학생 몇 명이 분장실로 찾아왔고 그는 평소의 사근사근한 성격에 맞게 만나주었죠. 그중 한 학생의 증언을 이 자리에 고스란히 옮길까 합니다.

후디니는 우리에게 오른쪽 옆모습이 보이도록 소파에 똑바로 누워서 편지를 읽고 있었습니다. 후디니와 끊임없이 대화를 나눈 쪽은 1학년 학생이었고 그동안 제 친구 스밀로비치 군은 계속 후디니를 그렸습니다. 1학년 학생은 후디니에게 힘에 대해서 물었습니다. 저랑 제 친구는 힘보다 그의 정신적인 명민함, 기술, 믿음, 개인적인 경험에 관심이 많았지요. 그런데 질문을 받은 후디니가 자기 팔뚝과 어깨, 허리 근육이 남다르다면서 만져보라고 하기에 다 같이 만져보기도 했습니다. 얼마 후 1학년 학생이 후디니에게 당신은 배를 맞아도 전혀 아프지 않다던데 사실이냐고 물었죠. 후디니는 많이 아프진 않다고 조금 시큰둥하게 대답했습니다. 최상급을 쓰지는 않았지요.

파크 그 이후에 어떤 일이 벌어졌는지는 저도 알 것 같습니다만.

도일 그러자 1학년 학생이 때려도 괜찮을지 후디니에게 허락을 얻은 뒤에 그의 허리띠 아래 부분을 망치처럼 내리쳤습니다. 후디니는 그때 이 학생에게 오른쪽을 보인 자세로 비스듬히 누워 있었지요. 그 학생은 후디니 위로 허리를 숙이다시피 하며 주먹질을 했습니다. 그가 때린 곳은 배꼽 오른쪽 복부였습니다. 정확히 몇 대였는지는 기억이 나지 않아요. 하지만 최소 네 번은 아주 세게 때렸습니다. 왜냐하면 두 번째인가 세 번째로 쳤을 때 제가 이 학생의 갑작스러운 공격을 나무랐거든요. "이봐. 미쳤어? 지금 뭐 하는 거야?" 하지만 그는 계속해서 있는 힘껏 후디니를 때렸습니다.

후디니는 도중에 그만하라는 제스처를 보이며 그를 제지했습니다. 맞고 있었을 때 후디니는 주먹이 내리꽂힐 때마다 무척 아픈 사람처럼 움찔거렸습니다.

그렇게 갑작스럽게 세게 때릴 줄 몰라서 미처 방어를 하지 못했다고 나중에 얘기를 하더군요. 소파에서 일어났더라면 좀 더 제대로 준비를 할 수 있었을 텐데 발을 다쳐서 잽싸게 일어날 수 없었다면서요.

파크   후디니의 사인이 그거였습니까?

도일   직접적인 원인은 충수 파열이었고 그를 진찰한 세 명의 의사는 모두 외상성 충수염으로 사인을 규정했습니다. 하지만 의사가 그런 사례는 한 번도 본 적이 없다고 했을 만큼 아주 희귀한 사인이었죠. 권투 선수들이 그 부위를 얼마나 세게, 수도 없이 얻어맞는지 생각해보면 그렇게까지 취약한 곳도 아니잖습니까. 그런데 그는 병원에 도착한 순간부터 운명을 예감한 눈치였다고 합니다.

"그는 대중이 어렴풋하게 아는 것과
어느 누구도 절대 알 수 없는 것을 섞는 방식으로
대중을 현혹시켰죠"

파크   그러니까 아서 경, 경은 후디니가 내면의 목소리로부터 비법을 전수받은 초인적인 능력의 소유자라고 생각하시는군요. 하지만 대부분의 사람은 경의 의견에 동의하지 않을 겁니다. 사람들은 단순히 아주 훌륭한 마술사였다고 할 겁니다.

도일 후디니는 사실 아주 솜씨가 좋은 마술사였죠. 그 방면에서 모르는 게 없었으니까요. 그래서 그는 대중이 어렴풋하게 아는 것과 어느 누구도 절대 알 수 없는 것을 섞는 방식으로 대중을 현혹시켰죠.

파크 그와 비슷한 묘기를 보이는 마술사들도 많았습니다만.

도일 나도 상자 묘기가 있다는 걸 알고, 평범한 수갑과 자루 묘기가 있다는 걸 압니다. 하지만 후디니의 공연과는 급이 다르죠. 상자에 갇혀서 런던교 아래로 내동댕이쳐지는 사람이 등장하면 동급이라고 믿겠어요. 미국에는 비법 설명서만 철석같이 믿고 쇳덩이를 넣은 상자에 들어가서 중서부의 어느 강물 속으로 떨어진 딱한 사람이 있었죠. 독일에도 한 명 있었고요. 둘 다 아직 그 안에 있답니다!

파크 그에게 초인적인 능력이 있었다고 경께서 믿고 싶은 건 아니고요?

도일 그가 자신의 묘기에 비정상적인 부분이 전혀 없다고 주장하면 어떤 난관에 봉착하는지, 후디니의 능력과 그가 했던 말을 예로 들어서 보여드리죠.

파크   좋습니다.

도일   심령술 면에서나 다른 면에서나 쌓은 업적이 많은 내 친구 바틀릿 선장에게 들은 얘깁니다. 대화를 나누던 도중에 그가 후디니에게 물었답니다. "상자 묘기는 어떻게 하는 겁니까?" 그러자 후디니의 표정이 당장 달라졌습니다. 반짝이던 눈빛이 사라졌고 얼굴이 핼쑥하면서 초췌해졌죠. "그건 말씀드릴 수 없습니다." 그는 긴장한 목소리로 나지막이 말했습니다. "저도 모르니까요. 게다가 실패해서 목숨을 부지하지 못하면 어쩌나 싶어서 늘 두렵거든요. 이번 시즌이 끝나면 상자 묘기를 중단하기로 아내와 약속을 했습니다. 아내가 걱정하느라 병이 날 지경이거든요. 중단하면 저도 마음이 놓일 테고요." 그러고 나서 그는 그 집 고양이들을 쓰다듬으려고 허리를 숙였습니다. 그런데 놀랍게도 고양이들이 꼬리를 치켜들고 달아나서 몇 분 동안 계단을 미친 듯이 오르내리는 바람에 현관 매트가 사방 팔방으로 흩어졌다고 합니다.

파크   고양이들이 겁에 질린 거로군요! 하지만 다른 마술사들은 그에게 특별한 능력이 있었다고 인정하지 않던데요.

도일 동료 마술사들이 후디니의 묘기를 설명하려고 해봐야 신비감만 가중될 따름입니다. 하워드 서스턴Howard Thurston, 1869~1936. 세계적인 스테이지 마술사 씨의 말로는 그의 묘기가 죄다 고급 마술의 범주에 든다고 하더군요. 미국 마술사들 중에서 유일하게 심령적인 문제를 제대로 아는 것 같아서 내가 신뢰하는 분입니다.

파크 제 생각도 그렇습니다.

도일 그의 묘기들이 전부 고급 마술의 범주에 든다는 건 알고 있었지만, 내 개인적인 의견을 밝히자면 후디니의 묘기는 단 한 번도 제대로 비법이 공개된 적이 없습니다. 전혀 급이 달라요. 후디니는 인류 역사상 가장 놀라운 위인들 가운데 한 명이었고 알레산드로 칼리오스트로Alessandro di Cagliostro, 1743~1795. 이탈리아의 신비주의자, 슈발리에 데옹Chevalier d'Éon, 1728~1810. 남자로 49년, 여자로 33년을 살았던 인물처럼 다른 기인들과 함께 역사에 길이 남을 겁니다. 훌륭한 자질이 워낙 많았던 인물이라서 지금으로서는 그의 능력이 비정상적인 수준이었다고 자신 있게 단정지을 수 있는 사람이 없겠습니다만.

파크 그렇지요.

도일　하지만 고민해볼 문제라는 내 생각에 당신만큼은 동의를 해주
　　　었으면 좋겠군요.

오스카 와일드의 대필

아서 경은 1889년 여름, 미국 출판업자 J. M. 스토다트—도일을 보고 "나들이옷을 입은 바다코끼리"를 닮았다고 생각한 인물이다—에게 저녁 초대를 받은 자리에서 오스카 와일드Oscar Wilde, 1854~1900를 만났다. 두 사람이 만난 곳은 런던의 포틀랜드 플레이스에 있는 랭엄 호텔이었다. 당시 서른다섯 살이었던 오스카와 서른 살이었던 도일은 얼마 전에 출간된 도일의 역사소설 『마이카 클라크Micah Clarke』를 주제로 대화를 나누는 등 죽이 잘 맞았다. 오스카는 화술이 뛰어났고 도일은 이에 감동받았으며 매료되었다. "나로서는 특별한 저녁 시간이었다"라고 그는 회상했다.

이 자리에서 의뢰를 받은 도일은 셜록 홈스 모험담 중 하나인 『네 사람의 서명』을 집필했고 와일드는 『도리언 그레이의 초상』을 집필했다. 출판업자와의 점심 식사가 전부 이렇게 생산적이면 얼마나 좋을까!

익히 알려졌다시피 와일드는 자신의 재능을 일에, 자신의 천재성을 삶에 할애한다고 얘기한 바 있다. 그는 1900년에 세상을 떠났고 희한하게도 그 시점에서 그에 대한 이야기가 시작되는데…….

도일　가끔 영매들이 저명한 문인이 한 말이라며 메시지를 전할 때
　　　도 있죠.

파크　그러니까 문단의 거인이 무덤 속에서도 창작 활동을 계속한다
　　　는 말씀인가요? 출판업자들이 들으면 좋아하겠는데요.

도일　일반 평론가들은 이를 황당한 발상으로 간주하기에 그렇게 탄
　　　생된 원고를 거의 또는 전혀 검토하지 않고 묵살합니다. 그러
　　　나 영매들의 주장이 대다수 사실로 밝혀진 것을 목격한 우리
　　　같은 사람은 작품을 좀 더 자세히 들여다보면서 내재된 증거
　　　들을 통해 해당 작가의 원고라는 주장이 얼마나 신빙성이 있
　　　는지 또는 터무니없는지를 판단하게 됩니다.

파크　경의 말씀이 맞다면 조만간 『맥베스』 속편도 읽을 수 있는 겁
　　　니까? 저야 계속 열린 태도를 유지하고 싶지만 평론가들이 의
　　　심스러워하는 이유를 알 것도 같은데요.

도일　감히 단언하지만 이런 관점에 대해 공정한 입장을 지닌 평론
　　　가가 이것에 관한 결과를 접하면 다소 놀랄 것입니다.

파크 어떤 식으로 메시지가 수신되는 겁니까?

도일 정상적인 상태에서 자동 기술로 수신되기도 하고 점괘판을 통해 수신되기도 합니다. 헤스터 다우든Hester dowden, 1868~1949. 심령술사 부인이 새뮤얼 솔Samuel Soal, 1889~1975. 영국의 심리학자 씨와 함께 실험을 진행했죠. 부인 혼자서 작업을 할 때도 있었고 그의 손을 점괘판 위에 올려놓을 때도 있었습니다.

파크 그 두 사람이 경의 친구 오스카 와일드의 목소리를 들었다고 했죠. 와일드가 저승에서 보낸 원고의 샘플을 가지고 계십니까?

도일 내가 보기에 와일드 특유의 성격과 문체가 가장 두드러지게 드러난다고 판단되는 메시지를 몇 개 들고 왔습니다.

파크 흥미진진한데요.

도일 나는 영원한 황혼 속에서 움직이지만 세상에는 낮과 밤이 있고, 씨를 뿌리는 때와 거두는 때가 있으며, 풋사과 같은 여명이 밝으면 반드시 붉은 태양이 떠오른다는 것을 안다. 해마다 봄은 초록색 베일로 세상을 덮고 붉게 이글거리는 가을은 노란 달을 조롱한다. 벌써부터 산사나무 꽃이 하얀 안개처럼 뭍과 산울타리 위로 번지고 해마다 꽃이 시들면 산사나무는 핏빛 열매를 맺는다.

파크 명문입니다.

도일 와일드의 작품이라고 하기에 손색이 없을 정도가 아니라 정말이지 아름답지 않습니까. 그의 선집에 특별히 추가하기에도 손색이 없죠. 여명을 "풋사과"에 비유한 부분과 산사나무 꽃이 "하얀 안개처럼 번진다"라고 한 부분이 하이라이트라고 하겠습니다. 색상에 이렇게 민감하게 반응하는 것을 보세요. 이런 구절들을 보면 사후의 와일드는 활기가 추가된 와일드라고 해도 과언이 아니겠죠.

파크 사후에 와일드가 더 훌륭해졌다는 말씀인가요? 이 위대한 문호가 또 어떤 메시지를 보내던가요?

도일 긴 설문지에 아주 정확하게 답변을 했어요. 이승을 찾아온 이유를 묻자 이렇게 대답했습니다.

오스카 와일드가 죽지 않았다는 것을 세상에 알리기 위해서다. 그의 사상은 야만의 시대에도 언덕 위에서 불어오는 미인의 피리 소리를 들을 줄 아는, 아침이면 그녀의 하얀 발이 노란 앵초에 맺힌 이슬을 쓸고 지나간 자국을 볼 줄 아는 모든 이의 가슴속에 남아 있을 것이다. 이제는 이승의 아름다움을 추억하기만 해도 날카로운 고통이 느껴진다. 보이는 세상이 나를 위해 존재했다. 나는 보이는 것들의 성전에서 예배를 드렸다. 튤립의 핏빛 줄무늬와 껍질의 둥근 곡선과 바다의 색조는 사라졌을지라도 나에게 그 의미와 신비로움과 상상력의 자극은 남아 있다. 남들은 생각의 잔에 담긴 희미한 앙금을 홀짝일지 몰라도 나에게는 삶이라는 붉은 포도주가 제격이다.

이것 역시 보기 드물게 아름다운 작품 아닙니까.

파크   그러네요.

도일   화가가 색조를 보고 페테르 파울 루벤스Peter Paul Rubens, 1577~1640. 독일의 화가의 그림을 구분할 수 있고 조각가가 오래된 조각상을 보고 페이디아스Pheidias. 고대 그리스의 조각가의 작품이라는 결론을 내릴 수 있다면 명문의 운율을 제대로 볼 줄 아는 사람도 이 문장이 다른 어느 누구도 아닌 와일드의 솜씨라는 것을 알 겁니다. 그의 특징이 만천하에 드러나 있어서 누구든 외면하려 들지만 않으면 똑똑히 느낄 수 있을 겁니다. 세상 사람들이 여러 사소한 문제에 파묻혀서 지금 당장은 삶과 죽음이라는 심각한 문제를 고민할 여유가 없을 뿐이죠.

파크   정확히 어떤 식으로 이런 문장들이 등장했는지 궁금합니다.

도일   이렇게 근사한 두 개의 구절과 그 못지않게 아름다운 몇 개의 구절이 1923년 6월 8일에 단번에 탄생했습니다. 다우든 부인이 솔 씨의 손 위에 그녀의 손을 얹은 가운데 솔 씨가 써내려갔죠. 영매의 능력에는 여러 가지가 있지만 두 명이 힘을 합쳤을 때 더 훌륭한 결과를 낳을 때가 많습니다.

파크   와일드의 익살은요? 그것도 저승세계로부터 느낄 수 있습니까? 익살의 생존 여부는 예전부터 논란의 대상이었습니다만.

도일   와일드의 냉소와 그의 특징이었다고 할 수 있는 불손한 태도가 여기에서도 드러납니다.

파크   예를 들면요?

도일   "죽은 자로 지내는 것은 내 평생 가장 재미없는 경험이다. 결혼 생활이나 학교 선생님과의 저녁 식사보다는 덜하겠지만."

파크   쾅, 쾅!

도일   그리고 자신이 쓴 표현 하나가 마음에 들지 않자 이렇게 썼습니다. "그만! 그만! 이건 견딜 수가 없네. 돼지고기를 팔다가 시를 쓰는 데 재미 들인 돈 많은 식료품 장수 같잖아." 어떤 사람이 제임스 애벗 맥닐 휘슬러James Abbott McNeill Whistler,

1834~1903. 미국의 화가와의 설전에서 패배한 이야기를 넌지시 꺼냈을 때는 이렇게 썼어요. "제임스의 천박한 근성은 늘 집에서부터 시작되는 터라."

파크 솔 씨와 다우든 부인이 생각해낸 문장이라고 보기는 분명 어렵겠는데요. 테이블 아래에 구성 작가가 있었다면 모를까.

도일 그리고 또 하나. "결국에는 펄럭이며 꺼져버린 촛불과도 같았던 내 인생의 구구절절한 사연들을 늘어놓지는 않겠다. 그대들이 나를 장미 에센스 추출하듯 아름다움을 걸러서 표현했던 매개로 생각해주길 바라니까."

파크 네, 하나같이 주옥같군요. 윌리엄 버틀러 예이츠William Butler Yeats, 1865~1939에 대해서는 아무 말도 하지 않았습니까?

도일 했지요. 신랄하고 부당하지만 재치 있는 문학비평을 했습니다. "나는 예이츠에 대해서 잘 알았다. 아주 훌륭한 위인이었지만 환희로 너무 충만했던 나머지 시가 담겨져 있던 조그만 단지가 일찌감치 분출되고 말았다. 그는 조그만 아름다움의 방울 하나를 기나긴 세월 동안 고통스럽게 펴 발라가며 썼다."

파크 말씀하신 것처럼 엄청난 혹평이로군요.

도일 이런 결과를 보고도 솔 씨와 다우든 부인에게 기회가 찾아오면 고인이 된 위대한 작가처럼 글을 쓸 수 있는 능력이 숨겨져 있는 거라고, 고인이 된 작가가 쓴 글이라고 우겨댈 만큼 잠재의식적으로 양심이 결여되어 있는 거라고 할 수 있을까요? 그보다 설득력이 떨어지는 해석도 없을 겁니다.

파크 『네 사람의 서명』에서 셜록 홈스가 왓슨에게 했던 충고가 생각이 납니다. "내가 몇 번을 말했나, 왓슨. 불가능한 것을 제거하고 나면 남은 것이 아무리 있을 법하지 않더라도 진실일 수밖에 없다고."

도일 문체만 봐도 상당히 신빙성이 있지만 그게 다가 아닙니다. 의식적인 모방이 불가능한 수준의 속도로 자동 기술이 이루어졌는데 와일드의 필체가 종종 등장할 뿐 아니라 살아생전에 그의 습관이었던 특이한 띄어쓰기도 재현됩니다. 또한 그는 아는 사람이 거의 없는 온갖 에피소드를 거리낌 없이 공개했는데 확인 결과 사실로 밝혀졌습니다. 영매가 거의 또는 전혀 모르는 작가들을 단호하지만 다소 잔인하게 비판하기도 했고요. 생전에 알고 지냈던 사람들 이름을 전혀 아무렇지 않게 흘렸습니다. 한번은 챈툰 부인이라는 이름이 등장하기에 영매가 잘못 받아 적은 줄 알았어요. 그런데 내 의구심을 해소해주기 위해서라는 듯 그 부인이 직접 내게 편지를 보내왔지 뭡니까!

파크 　그러니까 경은 와일드가 저승에서 보낸 메시지라고 진심으로 믿는다는 말씀이군요.

도일 　열린 마음으로 이 사안을 바라보는 사람이라면 와일드가 죽지 않고 남아서 교신했을 가능성이 어마어마하게 높다는 데 동의할 수밖에 없을 겁니다. 오스카 와일드의 구술 기록만큼 확실한 존속의 증거를 나는 본 적이 없습니다.

윈들섬 자택에서, 연도 미상

심령 탐정 사건집

아서 코넌 도일 경은 셜록 홈스라는 놀라운 인물을 창조함으로써 국보급 인사가 되었다. 셜록 홈스는 빛과 어둠을 동시에 지닌 인물이었다. 그는 코카인을 집적거렸지만 추론에 능하고 바이올린 연주 솜씨가 수준급이었다. 너무 민감하거나 까다로워서 경찰에 맡길 수 없는 문제가 생기면 정부에서는 그를 찾았다. 그는 변장이 취미였고 논리의 귀재였으며 여러 종류의 시가cigar 재를 주제로 논문을 썼다. 그에게 도움을 청한 여자들이 많았지만 연애는 한 번도 이루어진 적이 없었다. 그는 항상 베일에 가려진 신사였다.

아서 경이 마침내 셜록을 은퇴시켰을 때 독자들은 탐정 이야기가 끝난 줄 알았다. 하지만 그건 착각이었다. 셜록 이후에는 저승에서 해답을 구하는 심령 탐정들이 등장했으니 말이다. 겁이 많은 사람들은 이번 장을 그냥 건너뛰는 편이 좋을지도 모른다.

파크　범죄 수사에 대한 경의 관심은 홈스로 끝나지 않았죠. 유령들이 살아 있는 사람들을 끔찍한 진실로 인도한 사건을 알고 계시지 않습니까?

도일 콘월 해변의 외딴집에서 아이들과 함께 살았던 부인에 얽힌, 아주 인상적인 사건이었죠.

파크 살인 사건이 벌어지기에 딱 좋은 무대라고 하겠습니다.

도일 부인은 밤만 되면 일정한 시각에 계단을 터벅터벅 올라가서 층계참에 댄 판자 속으로 사라지는 유령 때문에 이만저만 신경 쓰인 게 아니었습니다.

파크 셜록 홈스가 아닌 게 확실합니까?

도일 부인이 용감하게 숨어서 기다렸다가 확인해보니 허름한 트위드 양복을 입고 손에 부츠를 든, 체구가 작은 노인이었습니다. "누르스름한 빛"을 발산했고요. 이 노인은 새벽 1시에 계단을 올라갔다가 새벽 4시 30분에 다시 터벅터벅 소리를 내며 계단을 내려왔습니다. 부인은 이 사실을 아무에게도 이야기하지 않았지만 한 아이를 간병하러 온 간호사가 한밤중에 비명을 지르며 그녀를 찾아와서는 집 안에 "끔찍한 늙은이"가 있다고 알렸죠.

파크   그러니까 간호사도 그 남자를 본 겁니까?

도일   그렇습니다. 아이에게 먹일 물을 가지러 식당으로 내려갔다가 의자에 앉아서 부츠를 벗는 노인을 본 겁니다. 노인의 몸에서 발산된 빛 때문에 보았지요. 그녀는 성냥을 켤 겨를도 없었거든요. 부인의 남동생과 남편도 이 노인을 보았고 남편은 이 문제를 아주 철저하게 파고들었습니다.

파크   그래서 어떤 사실을 알아냈습니까?

도일   그 집 밑에는 동굴과 연결된 지하실이 있었는데 만조 때는 그 동굴에 물이 들었습니다. 밀수품을 감추기에 그보다 알맞은 장소가 없었죠. 그날 밤 남편과 부인은 지하실을 지키고 있다가 끔찍한 광경을 목격했습니다. 달빛과 비슷한 빛이 비치는 가운데 두 노인이 처참한 몸싸움을 벌이는 장면을 본 겁니다. 한 쪽이 다른 쪽을 때려눕혀서 살해하고 시신을 꽁꽁 묶어서 지하실 너머 동굴로 운반했습니다. 그런 다음 범행에 쓰인 칼을 묻는데 신기하게도 이 광경은 남편의 눈에만 보였고, 그는 나중에 그 장소에서 칼을 찾아냈죠.

파크   계속 말씀하시죠.

도일 두 사람 모두 살인범이 그들 앞을 지나가는 것을 보고 범인을 따라서 식당으로 들어갔는데, 이번에는 그가 거기서 브랜디를 몇 모금 마시는 모습이 남편이 아니라 아내의 눈에만 보였습니다. 그러고 나서 범인은 간호사가 말했던 대로 부츠를 벗었죠. 그걸 들고 계단을 올라가서 그 전에도 숱하게 반복했던 것처럼 판자 속으로 들어갔고요. 이를 근거로 지하실에서의 참혹한 광경이 예전부터 반복됐을 거라는 추론이 내려졌습니다.

파크 흥미진진한데요.

도일 조사 결과, 오래전에 밀수로 상당한 재산을 모은 형제가 그 집에서 살았던 것으로 밝혀졌습니다. 이들 형제는 돈을 공동으로 감추어두었는데, 어느 날 한 명이 결혼 의사를 밝히면서 자기 몫을 챙기려고 했죠. 그러고 얼마 안 있어 이 형제는 자취를 감추었고, 해외로 긴 여행을 떠났다는 소문이 돌았습니다. 내가 기억하기로―내 앞에 놓인 메모를 보고 얘기하는 거예요―다른 한 명은 정신병에 걸렸고, 그가 죽을 때까지 이 사건은 해결되지 않았습니다.

파크 하지만 노인의 유령은 살아남아서 그를 살인범으로 지목한 거로군요!

도일 한마디 덧붙이자면 그 유령이 사라진 나무판 뒤에는 그 집의 보물 창고였을지 모를 큼지막한 벽장이 숨겨져 있었습니다. 부츠를 손에 든 모습으로 등장한 것을 보면 범인의 발소리를 듣고 깬 가정부나 다른 식구가 있었을지도 모르고요.

파크 어쨌든 그 유령이 사람들의 눈에 보였다는 말씀이죠.

도일 이 경우에는 형제 간의 갈등이 워낙 심각했다 보니 양쪽 모두의 감정이 극에 달해서 뚜렷한 흔적을 남긴 게 아닐까 싶습니다.

"감정의 격렬함에 따라
형체의 지속성과 견고함이 결정된다고
추정할 수도 있지 않을까 싶습니다"

파크 그러니까 그 장면에 결부된 감정이 어느 정도 수준인지에 따라서 유령을 볼 수 있는지 여부가 결정될 수도 있다는 말씀입니까?

도일 보통은 영적인 능력을 갖춘 사람들 눈에만 보이는데 그렇지 않았던 것을 보면 흔적이 얼마나 뚜렷했는지 알 수 있어요. 남편, 아내, 간호사까지 전부 유령을 보았으니 그 오랜 시간이 흐른 뒤에도 견고했다는 뜻이죠. 감정의 격렬함에 따라 형체의 지속성과 견고함이 결정된다고 추정할 수도 있지 않을까 싶습니다.

파크 그것 참 놀라운 사건인데요. 그렇다면 이 시점에서 당연한 의문이 제기됩니다. 혼령과 교신할 수 있다면서 가끔 정확한 설명을 듣지 못하는 이유는 뭐냐는 거죠.

도일 혼령과의 교신에도 냉혹한 법칙이 적용되기 때문입니다. 불가능한 상황에서 교신을 시도하느니 차라리 잘린 전선에 전류가 흐르길 바라는 쪽이 나을 수도 있어요.

파크 듣던 중 흥미진진한 논리네요.

도일 좀 더 구체적인 사례를 들자면 '빨간 헛간의 비밀The Mystery of the Red Barn'이란 사건명으로 오랫동안 장터에서 인기를 모았던 마리아 마튼의 살인 사건을 들 수 있겠죠.

파크 아, 그 사건이라면 저도 관심이 많습니다. 마리아 마튼이 코더라는 젊은 농부에게 살해된 사건 아니었나요. 그녀와의 결혼에 실패하자 코더가 두 사람의 부정한 관계를 숨기기 위해 그녀를 살해했죠.

도일　그 아가씨와 결혼하겠다고 선언해놓고 막판에 쏴서 죽이고 시신을 매장하는 기발한 수법을 동원했죠. 그런 다음 다른 지방으로 도망쳐서 그녀와 비밀 결혼식을 올리고 아무도 모르는 데서 같이 살고 있다는 소문을 냈고요.

파크　사건은 1827년 5월 18일에 벌어졌고 한동안은 코더의 계획대로 돌아갔습니다. 그가 생필품을 헛간 가득 쌓아놓으라고 지시한 정황 때문에 범행이 효과적으로 은폐되기도 했죠.

도일　이 악당은 와이트 섬에서 마리아와 아주 행복하게 살고 있다며 고향으로 편지를 몇 통 보냈습니다. 모든 편지에 런던 소인이 찍힌 탓에 의혹이 제기되긴 했지만…….

파크　사소한 실수를 저질렀군요.

도일　그래도 코더 씨가 예측하지 못했던 은밀한 하늘의 이치가 특이한 형태로 발현되지 않았더라면 이 사건은 그대로 묻혔을 겁니다.

파크　하늘의 이치라니요?

도일　피해자의 어머니인 마튼 부인이 자기 딸이 살해되는 꿈을 사흘 내내 꾼 겁니다.

파크 그건 저도 몰랐던 사실인데요. 하지만 누구나 가끔 이상한 꿈을 꿀 때가 있지 않습니까.

도일 맞습니다. 그 자체로는 하찮은 문제일 수 있고요. 당신도 얘기했다시피 어머니로서의 어렴풋한 걱정과 의심이 꿈에 반영된 것에 불과할 수도 있으니까요. 그런데 꿈이 아주 구체적이었습니다. 빨간 헛간은 물론이고 유해가 묻혀 있는 지점까지 꿈속에서 보였으니까요. 여기에서 두 번째 사실은 중요한 의미를 갖습니다. 빨간 헛간에서 그를 몰래 만나기로 했다고 딸에게 이야기를 들었기 때문에 그런 꿈을 꾼 것으로 간주할 수도 있지만 유해가 묻혀 있는 지점까지 보았으니 꼭 그런 것도 아닌 게 되잖습니까. 부인이 꿈을 꾼 시점은 사건이 벌어지고 열달 뒤인 1828년 3월이었습니다. 그녀는 4월 중순이 되어서야 남편을 설득해서 검증에 나설 수 있었죠.

파크 남편이 왜 그렇게 마뜩잖아했을지 이해가 됩니다.

도일 하지만 부인은 거부감을 보이는 남편을 끝내 설득해서 헛간을 살펴봐도 좋다는 허락을 얻어냈습니다. 부인은 헛간의 한 지점을 가리켰고 남편은 그 자리를 파헤쳤습니다. 당장 숄 조각이 보였고 45센티미터 밑에서 시신이 발견되었지요. 경악한 남편은 비틀거리며 마가 긴 헛간 밖으로 미친 듯이 뛰쳐나갔습니다. 옷, 치아, 여러 가지 소소한 부분들로 신원을 확인할 수 있었지요.

파크   놀랍군요.

도일   범인은 런던에서 체포되었는데 그사이 다른 여자와 결혼해서 여학교 이사장이 되었고 검거 당시에는 아침에 먹을 달걀을 완벽하게 삶으려고 시간을 재고 있었다고 합니다.

파크   그자는 어떻게 됐습니까?

도일   처형 전에 마지못해 죄를 시인했습니다. 마땅히 교수형을 당했지요.

파크   그러니까 어머니의 꿈 덕분에 사건이 해결된 거군요.

도일   그렇습니다. 꿈과 결부된 또 다른 실제 사례를 들려드릴까요? 1840년 2월 8일에 당시 세인트헬레나 인근을 지나던 오리엔트호의 일등항해사 에드먼드 노웨이가 밤 10시에서 새벽 4시 사이에 꿈을 꾸었는데 콘월에 사는 점잖은 형이 두 남자에게 살해당하는 꿈이었습니다.

파크 형이 살해를 당하다니 기분 나쁜 꿈이었겠는데요. 어쩌다가 당한 겁니까?

도일 꿈속에서 그의 형은 말을 타고 있었습니다. 그런데 어떤 남자가 다가와 말의 굴레를 잡아채더니 권총의 방아쇠를 두 번 당겼습니다. 그런데 발사가 되지 않았어요. 그러자 그와 그의 공범은 형을 때리고 길가로 끌고 가서 그대로 방치했죠. 장소는 콘월의 낯익은 거리였는데 오른쪽에 있어야 할 집이 꿈에서는 왼쪽에 있는 것으로 보였답니다. 이 꿈의 내용은 당시 글로 기록이 되었고 다른 선원들은 그에게 이야기로 들었습니다.

파크 그 뒤로 어떻게 됐을지는 저도 알 것 같습니다.

도일 맞습니다. 실제로 살인 사건이 벌어졌고 범인인 라이트풋 형제는 그해 4월 13일에 보드민에서 처형을 당했죠. 진술서에 그 형은 이렇게 얘기한 것으로 기록이 되어 있습니다. "저는 2월 8일에 보드민에 가서 동생을 만났습니다. 동생이 노웨이 씨를 쓰러뜨렸습니다. 권총 방아쇠를 두 번 당겼는데 발사가 되지 않으니까 권총으로 쳐서 쓰러뜨렸어요. 웨이드 교로 가는 길에서요.(꿈속에서 본 그 길입니다.) 시신은 도로 왼편 배수

구에 방치했습니다. 동생이 거기까지 끌고 갔어요." 범행은 밤 10시에서 11시 사이에 벌어졌는데 세인트헬레나의 경도가 영국과 거의 비슷하니까 꿈을 꾼 시점이 범행이 벌어진 시점과 정확하게 일치합니다.

"결국 살해당한 남자의 혼령이 개입한 게 아니라
인간이라는 유기체 안에 묻혀 있었던
평범한 능력이 이 사건을 해결한 거라고 볼 수 있습니다"

파크   그러니까 실제로 벌어지고 있는 일을 꿈에서 목격한 겁니까?

도일   최근의 애틋한 상념들로 인해 형에게로 쏠려 있던 그 선원의 의식이 잠결에 형에게 갔다가 살인 사건을 목격하고 충격을 받아서 그의 일상적인 기억 속으로 그 흔적을 옮긴 것이죠. 결국 살해당한 남자의 혼령이 개입한 게 아니라 인간이라는 유기체 안에 묻혀 있었던 평범한 능력이 이 사건을 해결한 거라고 볼 수 있습니다. 만약 동반된 장면 없이 살해당한 남자만 보았다면 유령의 소행이었을 가능성이 더 컸을 수도 있지만 말입니다.

파크   그러니까 초자연적인 능력을 좋은 용도로 활용할 수 있다는 말씀입니까? 경찰서마다 심령술사를 상주 배치해야 할까요?

도일 이런 능력을 단순히 세속적인 용도로만 활용한다면 통탄할 노릇이고 내 생각에는 응징을 당할 수도 있습니다. 하지만 정의 구현을 위해서라면 효과적으로 활용할 수도 있죠. 적절한 예를 하나 들려드릴게요. 약 50년 전에 파리의 생오노레 가에 유진과 폴 듀폰이라는 형제가 살았습니다.

파크 사랑의 도시! 하지만 이 이야기에서는 아니겠죠.

도일 유진은 은행원이었고 폴은 작가였습니다. 그런데 어느 날 유진이 사라졌습니다. 그를 추적하기 위해 온갖 방법이 동원됐지만 경찰에서는 가망이 없다고 보고 결국 손을 놓고 말았죠.

파크 막다른 길에 다다랐군요.

도일 하지만 폴은 포기하지 않았고 러포트라는 친구와 함께 투시력으로 유명한 위에르타 부인을 찾아가서 도움을 청했습니다.

파크 지푸라기라도 잡는 심정으로 그랬겠죠.

도일 위에르타 부인은 최면에 걸린 상태에서 두 형제가 마지막으로 함께 저녁 식사를 한 장소로 삽시간에 이동을 했습니다. 부인은 유진의 생김새를 설명하고 그가 식당을 나선 순간부터 어느 집 안으로 들어갈 때까지 그의 움직임을 좇았는데 그 집의 정체는 폴이 금세 밝혀냈죠. 부인은 유진 듀폰이 그 집 안에서 어떻게 생긴 두 명의 남자와 협의를 했고, 어떤 식으로 서류에 서명을 한 뒤 지폐 다발을 받았는지 설명했습니다. 그러고 나서 유진이 그 집을 나섰을 때 두 남자가 뒤쫓아왔고 다른 두 명이 추격전에 합류해서 유진을 폭행하고 살해해 시신을 센 강에 버리는 광경을 목격했습니다.

파크 만약 그게 사실이라면 놀라운데요. 하지만 부인의 말을 믿은 사람이 있었습니까?

도일 폴은 그 말을 믿었지만 같이 갔던 러포트는 조작으로 간주했죠. 그런데 두 사람은 집에 도착하자마자 실종됐던 유진이 강에서 발견되어 시체 안치소로 옮겨졌다는 소식을 접했습니다.

파크 이제 경찰에서 다시 관심을 보였겠네요.

도일 주머니 안에 상당한 금액의 돈이 들어 있었기 때문에 경찰에서는 타살이 아니라고 보는 입장이었죠. 하지만 폴 듀폰은 그렇게 어리석지 않았습니다. 그는 그 집을 찾아냈습니다. 그리고 그곳에 사는 사람들이 동생의 회사와 거래를 했다는 사실을 밝혀냈습니다. 범행이 벌어졌던 날 밤에 그들이 그의 동생에게 2000파운드를 주었다는 영수증은 있는데 그 2000파운드는 온데간데없어진 것도요. 그날 만나기로 약속을 정한 편지도 발견되었습니다.

파크 　수사망이 점점 좁혀졌겠군요.

도일 　두 남자의 성은 뒤뷔셰였고 부자 관계였던 이들이 체포되자 당장 단서가 포착됐습니다. 유진 듀폰이 살해되던 날 저녁에 가지고 있었던 지갑이 뒤뷔셰의 책상에서 발견됐거든요. 다른 증거도 밝혀졌고 결국 두 악당은 유죄판결을 받고 무기징역을 선고받았죠.

파크 　위에르타 부인이라는 영매는요?

도일 　그녀는 무의식 상태에서 그 광경을 보았기 때문에 증인으로 소환되지 않았습니다. 하지만 그녀의 폭로로 범행의 전말이 밝혀진 것만큼은 분명했습니다.

파크 　그야 지당하신 말씀입니다.

도일 　이 사건에서 경찰이 먼저 위에르타 부인을 찾아갔더라면 번거로움을 덜고 더 신속하게 결론을 내릴 수 있었을 겁니다.

"그들의 증언만으로 유죄판결을 받는 사람은
없어야 할 겁니다. 하지만 단서와 실마리를 찾는 정도라면
아주 유용하게 쓰일지 모릅니다"

파크 그러네요.

도일 그리고 이 경우가 그렇다면 다른 수많은 경우도 그러지 말라
는 법이 없지 않겠습니까? 경찰서에서 투시력이 아주 뛰어난
사람이나 영매에게 도움을 청하고, 그들의 능력을 마음껏 활
용할 수도 있지 않을까요? 세상에 완전무결한 사람은 없죠.
그들도 컨디션이 좋지 않은 날이 있으니 틀리는 날도 있을 겁
니다. 그들의 증언만으로 유죄판결을 받는 사람은 없어야 할
겁니다. 하지만 단서와 실마리를 찾는 정도라면 아주 유용하
게 쓰일지 모릅니다.

파크 경께서 말씀하신 사례들은 놀랍기 그지없습니다. 하지만 누
가 봐도 기적이라고 할 수 있는 사건이 그렇듯 그로 인해 궁
금증이 해결되기보다 더 증폭이 되는데요. 만약 이 무고한 희
생자들이 우리의 이해 범주를 넘어서는 능력의 도움을 받았다
면 다른 희생자들은 도움을 받지 못한 이유가 뭘까요? 범죄학
자라면 아무 죄가 없지만 교수대에 선 사람을 수십 명은 알고
있을 겁니다.

도일 그들은 왜 구원을 받지 못했느냐고요? 당신이 그 질문의 답을 모른다면 내가 지금까지 한 얘기와 쓴 글이 전부 허사로 돌아가는데요. 물리적인 수단이 없으면 불가능하기 때문이죠. 불공평하게 들릴지 몰라도 무전기를 장착한 선박은 승객을 살릴 수 있을지 몰라도 그렇지 않은 선박은 아예 소식이 끊기는 것과 마찬가지입니다.

요정에 홀린 작가

19세기 말에 아서 코넌 도일은 대부분의 남자가 닮고 싶어 하는 인물이었다. 남자다운 남자였다. 그랬던 그가 요정의 존재를 옹호하기 시작하자 사람들은 받아들이기 힘들어했다. 셜록 홈스라는 피도 눈물도 없는 논리학자를 창조한 작가가 전 세계의 도깨비 사진을 찾아 나서다니 대중으로서는 적응하기가 쉽지 않았다. 나 역시 궁금한 부분이 몇 가지 있었다.

파크 현재와 같은 소신을 확립하기까지 쉽지 않으셨을 텐데요, 아서 경.

도일 심령연구만큼 고민을 많이 하고 오랜 시간에 걸쳐서 생각을 굳힌 사안도 없을 겁니다.

파크 예전에는 지금처럼 그런 걸 믿지 않으셨지요?

도일　맞습니다. 1882년에 의학 공부를 마쳤을 때만 해도 여타의 젊은 의학도들처럼 인간의 운명에 관해서는 확실한 유물론자였죠. 열렬한 무신론자가 아니었던 적이 없습니다. 나폴레옹이 이집트 원정길에 올랐을 때 별이 빛나는 밤에 무신론자인 학자들에게 "그럼 이 별들은 누가 만든 건가?"하고 물은 적이 있다고 하는데 내가 보기에는 답이 없는 것 같거든요. 불변의 법칙에 의해 우주가 만들어졌다고 한다면 한 단계 더 들어가서 그 법칙은 누가 만들었느냐는 문제가 제기되죠. 물론 나는 의인화된 신을 믿지 않지만 지금과 마찬가지로 예전에도 모든 자연의 조화 뒤에 지적인 존재가 있다는 건 믿었습니다. 한계가 있는 내 두뇌로는 존재를 파악하는 것밖에 할 수 없을 만큼 복잡하고 위대한 존재가 있다는 것을요. 하지만 우리의 이 보잘것없는 인격이 사후에도 명맥을 유지할 수 있는가 하는 문제라면 자연계를 통틀어 유추해보아도 가능성이 없더군요. 그런 마음가짐이었을 때 심령현상에 맨 처음 관심을 기울이게 되었습니다.

"마음의 문을 닫는 날이
정신적인 죽음을 맞는 날이니까요"

파크　그래도 대다수의 사람과 다르게 가능성을 아예 차단하지는 않으셨군요.

도일　마음의 문을 닫는 날이 정신적인 죽음을 맞는 날이니까요.

파크　그리고 전과 다르게 이제는 유령의 존재를 믿게 되셨는데요. 유령들은 어째서 이승에 남는 겁니까?

도일　이야기가 곁길로 새서 너무 길어질 테니까 간단하게 요약하자면, 살해를 당했건 자살을 했건 하늘이 정한 수명이 중간에 끊겼을 때 쓰이지 않고 남아 있던 원기가 적절한 상황을 만나면 제멋대로, 변칙적인 형태로 소진된다는 증거가 있습니다.

파크　쓰이지 않은 생명력이 유령이라는 말씀이로군요.

도일　솔직히 잠정적인 가설이기는 하지만 수많은 고민 끝에 그럴 수밖에 없지 않겠느냐는 결론을 내린 겁니다. 그러면 예전부터 폭력이나 살인 현장과 결부되었던 영적인 동요를 설명하거나 희미하게나마 이해하는 데 도움이 되지 않을까요. 만약 인간의 보이지 않는 부분을 혼령이라고 일컬어지는 상부와, 동물적인 기능과 쓰이지 않은 원기에 해당하는 하부로 나눌 수 있다면 조기 사망으로 인해 정상적으로 소진되지 않은 후자가 나중에 어느 정도 지적 능력을 갖춘 희한한 형태로 발현된다고 볼 수 있을 겁니다.

파크 그러니까 지상에 남겨진 하부가 유령이고 상부는 저승으로 떠난다는 말씀이로군요.

도일 이건 어느 한 사람이 독단적으로 판단할 수 있는 문제가 아니지만 그런 사례를 모조리 근거 없는 미신으로 일축하고 무시할 수 있는 날도 얼마 남지 않았습니다.

파크 논리적인 설명을 좋아하는 사람들로서는 받아들이기가 쉽지 않겠는데요.

도일 이승뿐 아니라 저승에도 증거가 충분한데 우리는 지금 논리적인 설명을 찾느라 시간을 낭비하고 있습니다!

파크 요정들과 관련해서도 그렇고요.

이 거장은 살짝 망설일 거라는 예상과 달리 전혀 그런 기미를 보이지 않았다.

도일 요정과 유령은 오랜 세월의 검증을 거친 현상인데 심지어 유물론적인 지금 이 시대에도 가장 돌발적인 형태로 일부 사람들의 생활 속에 침투하고 있습니다.

파크 　과학자들의 생각은 다릅니다만.

도일 　빅토리아시대의 과학자들은 달의 풍경처럼 이 세상을 냉혹하
　　　고 깨끗하며 휑뎅그렁한 곳으로 유지하려고 했을지 몰라도 이
　　　과학이라는 것이 사실은 어둠 속의 희미한 빛에 불과합니다.
　　　어마어마하고 환상적인 가능성들이 확고한 지식의 일정한 테
　　　두리 밖에서 우리 주변을 어른거리며 모르는 척할 수 없도록
　　　우리의 의식을 끊임없이 가로지르고 있어요.

파크 　요정들이 그렇다는 말씀인가요?

도일 　나는 아주 책임이 막중한 업무를 체계적으로 정리하는 일을
　　　하는 어떤 숙녀와 편지를 주고받고 있는데 그녀가 보낸 편지
　　　를 읽어드리죠.

　　　저는 9년 전에 웨스트서식스의 넓은 숲에서 요정을 딱 한 번 보았답
　　　니다. 키는 15센티미터 정도 되고 이파리를 걸친 아담한 요정이었죠.
　　　놀라웠던 건 그의 눈빛에서 어떤 영혼도 느껴지지 않았다는 거였어
　　　요. 그는 사방이 뚫린 공간에 난 기다란 풀과 꽃 사이를 뛰어다니고
　　　있었습니다.

파크 　증언이 이것 하나뿐이잖습니까. 이게 결정적이라고 볼 수 있

을까요.

도일 　지금은 고인이 된 본머스의 빈센트 뉴턴 터비Vincent Newton Turvey, 1873~1912는 영국에서 투시력이 가장 뛰어났던 사람들 가운데 한 명으로 꼽히는데 그의 저서『예언의 시작The Beginnings of Seership』은 모든 학생의 필독서가 되어야 합니다. 그런가 하면 본머스의 론즈데일 씨도 민감하기로 유명했죠. 론즈데일 씨는 몇 년 전에 터비 씨와 함께 있는 자리에서 다음과 같은 사건을 겪었다고 나에게 알린 적이 있습니다.

브랜섬파크에 있는 그의 집 정원에 그와 함께 있었을 때 벌어진 일입니다. 우리는 앞이 뚫려서 잔디밭이 내다보이는 오두막에 앉아 있었습니다. 아무 말도 없이 미동도 하지 않고 완벽한 정적 상태로요. 둘이 종종 그렇게 앉아 있곤 했거든요. 그런데 소나무 숲으로 연결되는 잔디밭 가장자리에서 뭔가 움직이는 게 느껴지더군요. 자세히 들여다보니 갈색 옷을 입은 난쟁이 몇 명이 덤불 사이로 앞을 물끄러미 내다보고 있지 뭡니까. 몇 분 동안 그렇게 가만히 있다가 어디론가 사라지더군요. 잠시 후에는 키가 60센티미터쯤 되어 보이고 밝은 색상의 옷을 입은 열두어 명이 얼굴을 환히 빛내며 잔디밭으로 달려 나와서 여기저기서 춤을 추지 뭡니까. 저는 터비의 눈에도 그 광경이 보이나 싶어서 그를 흘끗 쳐다보며 나지막이 물었습니다. "저 사람들 보이나?" 그는 고개를 끄덕이더군요. 이 요정들은 까불거리며 오두막 쪽으로 점점 다가왔습니다. 다른 요정들보다 용감한 한 명이 오두막 근처의 그로에 물분 앞으로 가더니 그 골문을 철봉처럼 잡고서 계속 빙글빙글 돌더군요. 몇 명은 그의 묘기를 구경했고 나머지는 춤을 추었는데 정해진 춤이 아니라 그냥 흥에 겨워서 몸을 흔드는 거였습니다. 그렇게 5분 정도 지났을 때 잔디밭 가장자리에 남아 있던 갈색 옷을 입은 자들이 무슨 신호나 경고를 보냈는지 난쟁이들이 일제히 숲 속으로 달려 들어갔습니다. 바로 그때 하녀가 차를 들고 집 안에서 나왔고요. 꼬마 손님들이 그 때문에 사라져버렸으니 차가 그보다 반갑지 않았던 적은 없을 겁니다.

파크   실망이 컸겠습니다.

도일   론즈데일 씨는 이렇게 덧붙였습니다. "뉴포리스트에서 요정들을 여러 번 보았지만 이렇게 생생하게 목격한 건 처음입니다."

파크   론즈데일 씨의 정신 상태에 이상은 없었습니까?

도일   론즈데일 씨가 책임감이 강하고 안정적이며 번듯한 인물이라는 것을 알기에 그의 증언을 무시하기 어려운 겁니다. 오두막 그늘 안에는 두 사람이 앉아 있었고 서로가 목격담을 뒷받침하고 있으니 일사병으로 치부할 수도 없고요. 두 사람 모두 영적으로 비범했으니 하녀가 현장에 들이닥쳤다 한들 그녀의 눈에는 요정들이 보이지 않았을 수도 있습니다.

파크　그러니까 두 사람에게 영적으로 특별한 능력이 있었다는 말씀
　　　입니까? '망상'을 그럴듯하게 포장한 것 아니냐고 되물을 사
　　　람들도 있겠습니다만.

도일　물론 좀 더 구체적인 진동에만 반응하는 우리로서는 모든 예
　　　언을 망상 내지는 정신적인 문제로 간주하기 쉽죠. 그들은 그
　　　런 식으로 비난을 당했을 때 방어하기가 쉽지 않고요.

"자신이 경험하지 못한 일이라고 해서
그들의 증언을 일축하는 것은 현명한 인간이라면
보이지 말아야 할 오만한 태도 아니겠습니까"

파크　인정합니다.

도일　하지만 아주 믿음직하고 현실감각이 뛰어나며 사회적으로 성
　　　공한 인사들이 숱하게 증언한 사실이라고 그들에게 역설할 필
　　　요가 있습니다. 실제로 저명한 작가, 안과 권위자, 잘나가는
　　　전문직, 공직에 근무하는 여성 등등이니까요. 자신이 경험하
　　　지 못한 일이라고 해서 그들의 증언을 일축하는 것은 현명한
　　　인간이라면 보이지 말아야 할 오만한 태도 아니겠습니까.

파크   희한한 사건 이야기가 나왔으니 말인데 돌멩이들이 움직였다
      는 증언도 있죠.

도일   많습니다. 웨스트서식스에서 벌어진 유사한 사건의 내막을 내
      가 알고 있는데 직접 경험한 당사자가 누군지도 추적 끝에 파
      악해놓았죠. 그 부인은 암석정원을 만들고 싶은 생각에 인근
      들판에서 예전부터 요정석pixie stone으로 불렸던 큼지막한 바
      위를 몇 개 가져다가 그걸로 정원을 꾸몄습니다. 그런데 어느
      여름날 저녁에 체구가 아담하고 머리가 희끗희끗한 여자가 바
      위에 앉아 있는 겁니다. 그녀는 누군가 자기를 보고 있다는 사
      실을 알아차리면 사라졌고, 이후로도 여러 차례 나타났습니
      다. 나중에 마을 사람들이 요정석을 다시 원래 있던 곳으로 옮
      기는 게 좋지 않겠느냐고 했답니다. 마을에 마가 낄 수 있다면
      서요. 결국 바위들은 다시 원위치로 돌아갔죠.

파크   그리고 그 유명한 코팅리 요정cottingley fairies 사진도 있잖습니
      까. 요크셔에서 두 소녀가 자기 집 정원에서 노는 도깨비와 요
      정 들을 찍었다고 한 사진 말입니다. 그 이후로 요정 사진은
      일대 붐을 이루었는데요.

도일   맞습니다. 내가 『요정의 출현The Coming of the Fairies』에 실은 실
      제 사진에 비하면 요정을 보았다는 증언은 하찮게 느껴지죠.

코팅리 요정 사진. 1917

여기에는 요크셔, 데번셔, 캐나다, 독일의 사례가 소개되어 있는데, 그 크기가 다양합니다. 그 책을 출간한 후에 스웨덴에서 아주 훌륭한 사례가 입수되기도 했고요. 증거의 수위는 제각기 다르지만 저마다 설득력이 있어서 모든 사례를 종합하면 꽤 결정적이지 않나 싶습니다. 우리가 사고 형태의 본질과 영향력을 어떤 식으로 생각하는지 다시금 고려한다면 이야기가 달라지겠지만요.

파크 코팅리 요정 사진의 신빙성에 의문이 제기되고 있는데요.

도일 지금까지 어떤 비판도 코팅리 요정 사진의 진실성을 무너뜨리지 못했습니다. 새롭게 등장한 증거들은 하나같이 진실성을 입증하고 있고요.

파크 원화 감정을 코닥사에 의뢰했는데 진품 인증을 거부하지 않았습니까. 조작이라는 증거는 없지만 조작할 방법이 얼마든지 있다면서요.

도일 나로 말할 것 같으면 아이들에 대한 비난만 아니라면 어떤 설명에도 관심을 기울일 마음의 준비가 되어 있습니다.

파크 경은 요크셔에 사는 중산층 소녀 둘이 그런 조작 사진을 찍을 수 있었겠느냐고 반박하셨죠. 여기저기서 회의론이 걷잡을 수 없이 밀려들어도 말입니다.

도일 다 말도 안 되는 소리예요. 내가 보기에는 보잘것없는 우리를 도구로 활용하며 저세상에서 이 운동을 주관하고 있던 지혜의 화신들이, 괴테가 신들조차 노력했지만 허사였다고 한 그 어리석음 앞에서 움찔하다가 전혀 새로운 전선을 구축한 게 아닐까 싶습니다. 지금까지 우리 앞을 가로막았던, '독실'하다고 하지만 실은 독실하지 않았던 진영을 뒤집기 위해서 말입니다.

파크 그러니까 신들이 일종의 표적表迹으로 요정들을 보여주고 있다는 말씀입니까?

도일 가시적인 표적이 등장할 것이라는 메시지가 여러 교령회에서 지속적으로 접수됐습니다. 어쩌면 이걸 말하는 것이었을 수도 있죠.

"입수한 증거를 바탕으로 수립한
기발한 가정이야말로
과학의 견인차라고 할 수 있죠"

파크 좋습니다. 하지만 경은 과학적인 분 아닙니까. 논리적인 설명을 좋아하고요. 그런데 요정은 어떤 식으로 설명하실 겁니까? 예전에 경은 그들이 깊은 물속에서 조용히 살다가 어느 날 물가로 나와서 햇볕을 쪼이는 모습을 보이고 다시 깊은 물속으로 사라지는 양서류 비슷한 존재인지도 모른다고 하신 적이 있지요. 같은 맥락에서 우리의 머릿속에 그런 물가가 있어서 그 위로 가끔 그들이 모습을 드러내는 건 아닐까요.

도일 　분자진동설분자들이 움직여서 물질을 만든다는 설을 작업가설로 삼아서 진동을 전용하거나 속도를 낮추면 거북이 물에서 뭍으로 이동하듯 생물의 시도視度가 이 지점에서 저 지점으로 이동하는 것도 가능하지 않을까요? 이건 가정에 불과합니다. 하지만 입수한 증거를 바탕으로 수립한 기발한 가정이야말로 과학의 견인차라고 할 수 있죠. 그리고 이런 방향에서 실질적으로 해답을 찾을 수 있을지도 모르고요.

파크 　코팅리 사진과 관련해서 〈스펙테이터〉의 필자는 이렇게 썼습니다. "솔직히 인정하건대 그 정도 수준의 조작이 가능한 어린이라면 아주 범상치 않은 어린이일 것이다. 하지만 이 세상은 사실 아주, 아주 범상치 않은 어린이들로 가득하다."

도일 　앞에서도 이야기했다시피 나로 말할 것 같으면 아이들에 대한 비난만 아니라면 어떤 설명에도 관심을 기울일 마음의 준비가 되어 있습니다.

파크 하지만 아서 경, 어떻게 보면 이 시점에서 좀 더 광범위한 문제가 대두된다고 볼 수 있습니다. 요정들이 뭐가 그렇게 중요하냐는 것이죠. 경은 요정의 존재를 믿는다고 선포함으로써 엄청난 조롱에 시달렸고 얻은 추종자보다 잃은 추종자가 더 많을 겁니다. 사실상 경의 최대 관심사는 인간 혼령의 운명인데 요정에게까지 신경 쓸 만한 이유가 있을까요? 둘이 어떤 연관성이 있습니까?

도일 연관성이 있다 한들 미미하고 직접적이지도 않습니다. 다만 가능성에 대한 우리의 인식을 넓히고 구태의연한 사고방식에서 벗어나게 만드는 것이라면 뭐든 사고의 유연성을 회복하고 새로운 철학을 좀 더 열린 마음으로 받아들이는 데 도움이 될 겁니다. 태곳적 문헌을 들이대며 요정을 말살할 수는 없는 것 아니겠습니까. 요정이 인정받으면 다른 심령현상들도 좀 더 쉽게 받아들여질 수 있을 겁니다.

파크 "요정이 가능하면 뭐든 가능하다"는 거로군요.

도일 우리의 운명과 인류 전체의 운명에 비하면 요정은 한없이 작고 하찮은 문제죠. 증거도 훨씬 덜 인상적이고요. 그래도 아예

무시할 수 있는 문제는 아니라는 내 생각이 충분히 전달됐을
거라고 믿습니다.

파크   전반적인 사태에 경이 당황스러워하는 것처럼 들리기 시작합
니다.

도일   흥미진진한 추측은 적어도 고요한 숲과 거친 황야에 매력을
더하죠.

앞 못 보는 조지

『이중주A Duet』라는 중편소설에서 도일은 프랭크 크로스라는 인물을 통해 자신의 판타지를 공개한다. "프랭크 크로스에게서 가끔 야수의 분위기가 살짝 느껴질 때도 있었다. 야외활동과 운동을 어마어마하게 사랑하는 성격이 그런 흔적이었다. 그가 여자들에게 풍기는 인상은 절대 나쁘지 않았다. 그는 가장 친밀한 관계의 여자들조차 뚫고 들어가지 못한, 미답의 우묵한 공간이 그의 안에 있는 듯한 느낌을 풍겼다. 영혼의 그 어두컴컴한 구석에는 성인 아니면 죄인이 숨어 있을 텐데 그 구석을 빤히 들여다보며 둘 중 뭐가 있을지 궁금해하는 짜릿한 즐거움이 있었다. 어떤 여자도 그를 지루하다고 생각하지 않았다."

파크   조지 에달지George Ernest Thompson Edalji, 1876~1953. 가축 도살 혐의로 억울하게 복역한 변호사 말입니다.

도일   네.

파크 그가 억울하게 유죄판결을 받았다고 생각했기에 그의 누명을 벗겨주고자 직접 탐정으로 활약을 하셨지요.

도일 맞습니다.

파크 그를 만나자마자 모든 기소 항목에서 무죄라는 것을 알아차리셨다고요.

도일 내가 늦게 도착하는 바람에 기다리는 동안 그는 신문을 읽고 있었습니다. 신문을 눈앞에 바짝 대고 약간 모로 읽는 모습에서 고도근시인 데다 난시라는 것을 알 수 있었지요. 그런 남자가 한밤중에 경찰의 감시망을 피해서 들판을 돌아다니며 가축을 공격했을 거라니. 8디옵터 근시의 눈에 세상이 어떻게 보이는지 아는 사람이라면 콧방귀를 뀔 일이죠.

파크 하지만 그는 야간에 가축을 공격한 혐의로 기소가 되었습니다.

도일 맞습니다. 그런데 사건에 대해서 읽다 보니 누가 봐도 분명한 진실의 외침이 내 눈길을 사로잡았고 내가 오싹한 비극을 마주하고 있음을 알 수 있었습니다. 내 힘이 닿는 데까지 잘못된 것을 바로잡아야겠다는 생각이 들었고요.

파크　당시 경은 의학 지식을 활용해서 잘못된 것을 바로잡으셨습니다. 특히 의사 생활을 하고 있었을 때 빈에서 공부한 안과 지식을 활용했지요.

도일　그 육체적인 결함 하나만으로도 그의 무죄를 확신할 수 있었습니다.

파크　그러게요. 하지만 해피엔딩은 아니지 않습니까? 그 모든 증거에도 불구하고 조지 에달지는 혐의를 반만 벗었으니까요. 경찰들끼리 똘똘 뭉쳤지요. 관료들끼리요.

도일　다른 관료에게 비난의 화살이 돌아갈 만한 사안은 절대 인정하지 않겠다, 이런 식이었습니다. 피해자에게 고통을 안기는 잘못을 저질렀어도 그걸로 다른 관료를 처벌하는 건 생각할 수도 없는 일이라고요.

파크　그리고 오스카 슬레이터Oscar Joseph Slater, 1872~1948 사건에 대해서도 짧게 여쭤보고 싶습니다. 이번에도 억울한 사람이 누명을 쓴 사건을 경께서 처리하셨죠.

도일　내가 보기에는 오스카 슬레이터 사건이 에달지 사건보다 더 심각했어요. 이 딱한 남자는 살인죄로 기소되었지만 어느 모로 보나 나만큼이나 결백했으니까요.

파크   하지만 이번에도 절반의 성공에 그쳤습니다. 18년 동안이나 수감 생활을 한 다음에야 석방되었으니 말입니다. 그리고 경이 그를 변호하긴 했으나 개인적으로 가까운 사이는 아니었다고 들었습니다.

도일은 힘없이 고개를 끄덕였다.

파크   그리고 석방됐을 때 그가 보상금을 받았음에도 불구하고 도와주었던 사람들에게 마땅한 대가를 지불하지 않는 것을 보고 편지를 쓰셨다고요?

도일   맞습니다.

파크   뭐라고 쓰셨습니까?

도일   "만약 그게 당신의 머리에서 나온 발상이라면 당신이야말로 내가 지금까지 만난 사람들 중에서 가장 배은망덕하고 어리석은 사람이다"라고 썼습니다.

파크   아무래도 다른 화제로 넘어가는 게 좋겠군요.

베일을 넘어서

파크   경으로 말할 것 같으면 요즘은 심령술 운동 진영에서 가장 유명한 인사로 꼽히지만 한때는 심령술을 경멸하셨죠.

도일   심령술을 못 배운 사람들의 천박한 망상으로 간주했을 때는 경멸할 수 있었죠. 하지만 영국 화학계의 떠오르는 샛별이라고 알려진 윌리엄 크룩스William Crookes, 1832~1919, 다윈의 경쟁자였던 앨프리드 러셀 월리스Alfred Russel Wallace, 1823~1913, 유명한 천문학자 카미유 플라마리옹Camille Flammarion, 1842~1925과 같은 사람들이 지지를 선언하자 감히 일축하지 못하겠더군요. "이 사람, 머리가 어떻게 된 거 아니야?"라며 그들이 고심 끝에 내린 결론과 조심스러운 연구 결과가 담긴 책들을 내동댕이친 것까지는 좋았습니다만 자기만족에 젖어 지내는 사람이 아닌 이상 머리가 어떻게 된 쪽은 내가 아닐까 싶은 날이 오거든요.

파크   하지만 초기에는 영매와 관련해서 불쾌한 경험들을 하셨습니다. 영매의 능력을 믿기 시작한 이후에도 망자가 보낸 메시지가 뭐랄까 다소 공허했다고요. 그 시기를 어떤 식으로 극복하셨습니까?

도일   당시에 나는 사우스시에서 의사 생활을 하고 있었는데 심령술의 선구자였던 드레이슨 장군이라는 아주 비범한 인물이 거기 살았습니다. 그가 내 고민을 아주 열심히 들어주었죠.

파크   그분이 도움이 될 만한 말씀을 해주셨겠군요.

도일   그는 대부분의 메시지가 한심한 수준이고 몇 개는 새빨간 거짓말이었다는 나의 비판을 심상하게 받아넘겼습니다. "근본적인 사실을 머리로 이해하지 못했다"라고 하면서요.

파크   근본적인 사실이라는 게 뭐였습니까?

도일   그는 "근본적인 사실이 뭔가 하면 모든 혼령이 그 어떤 변화도 없이 지금 모습 그대로 저승으로 건너간다는 거지!"라고 했습니다.

파크   그렇군요. 보통은 저승에서 누군가 메시지를 보내면 진실일 거라고 간주하기 마련인데, 드레이슨 장군의 말을 빌리자면 꼭 그렇지만도 않다는 거로군요.

도일 "이 세상은 나약하거나 어리석은 사람들로 가득하지." 그는 이 렇게 말했습니다. "저승도 마찬가지라네. 그런 사람들하고는 상종할 필요가 없어. 여기에서처럼 하면 된다네. 친구는 알아서 선택하는 것 아닌가. 그런데 친구들과 절대 어울리는 일 없이 자기 집에서 혼자 살던 남자가 어느 날 이 세상이 어떤 곳인지 궁금해서 창밖으로 고개를 내민다면 어떤 일이 벌어지겠나? 지나가던 장난꾸러기들이 못된 소리나 내뱉겠지. 그 탓에 세상의 지혜나 위대함은 전혀 느끼지 못할 걸세. 그 남자는 이 세상이 아주 딱한 곳이구나 생각하며 고개를 다시 들여놓을 테고. 아서, 자네가 딱 그 꼴일세. 특정한 목적 없이 이 사람 저 사람 모인 교령회에서 저승으로 고개를 내밀었다가 장난꾸러기들을 만난 거지. 이대로 포기하지 말고 좀 더 노력해보게, 친구." 그것이 드레이슨 장군의 설명이었고 당시에는 못마땅했지만 이제 와 생각해보니 진실에 가깝더군요.

파크 그러니까 혼령들도 거짓말을 할 수 있다는 겁니까?

도일 진실한 메시지들 중간에 난데없이 말도 안 되게 황당한 메시지가 등장할 수도 있다는 겁니다. 하도 새빨간 거짓말이라서 일부러 엉뚱한 말을 하는 거라고 생각할 수밖에 없는 그런 메시지들이요. 한마디로 육신을 떠나도 혼령은 본질적으로 달라지는 게 거의 없어서 결과적으로 그 세상도 천박하고 그악한 부류로 우글거린다는 가장 중요한 전제를 받아들이면 이처럼 난처한 사례들이 심령술의 반증이 아니라 오히려 확증이라는 것을 알 수 있습니다.

"내가 끝없는 바닷가에 무릎까지 담그고
물살을 헤치며 걸어가는 어린아이와 같다는 걸
나도 알아요. 하지만 이것 하나만큼은 분명합니다.
바다가 있다는 거요"

파크   진짜 돈이 있으니 가짜 돈도 있을 거라는 논리입니까?

도일   나도 개인적으로 그런 메시지를 받아봤고 그런 메시지에 속아도 봤습니다. 내가 끝없는 바닷가에 무릎까지 담그고 물살을 헤치며 걸어가는 어린아이와 같다는 걸 나도 알아요. 하지만 이것 하나만큼은 분명합니다. 바다가 있다는 거요.

파크   「베일을 쓴 하숙인The Adventure of the Veiled Lodger」에서 홈스도 사후 세계의 가능성을 인정하기는 했죠. 왓슨이 이 장면을 어떤 식으로 묘사했는지 경께서 읽어주시겠습니까?

도일 이후에 홈스가 긴 팔을 뻗어서 그녀의 손을 토닥였다. 내가 그때까지 거의 본 적 없는 연민의 표현이었다.

"안타깝네요!" 그가 말했다. "안타깝습니다! 운명의 행보는 정말이지 이해하기가 쉽지 않죠. 인생이 잔인한 농담이 아닌 이상 앞으로 좋은 일이 있을 겁니다."

파크 그러니까 경은 사후 세계를 조금씩 믿게 되신 거로군요. 1903년에 프레더릭 윌리엄 헨리 마이어스Frederic William Henry Myers, 1843~1901. 영국의 심리학자가 『육신의 사후에도 소멸하지 않는 인간의 개성에 관하여Human Personality and Its Survival of Bodily Death』라는 책을 출간한 것이 기념비적인 사건이었는데요. 그 책을 보고 흥분이 되셨겠습니다.

도일 지식의 나무가 자라는 데 근간이 될 만한 훌륭한 저서였죠.

파크 그 책의 주장에 따르면―증거도 상당수 제시되어 있습니다만―우리의 의식적인 자아는 우주의 초의식과 연결이 된, 좀 더 큼지막하고 눈에 보이지 않는 자아의 껍데기에 불과하다고 하죠. 영매의 존재와 텔레파시를 상당히 옹호하는 주장이라고 할 수 있는데요.

도일 그 책은 장족의 발전이었습니다. 한 사람이 멀리서 다른 사람

HUMAN PERSONALITY

AND ITS SURVIVAL OF
BODILY DEATH

BY

FREDERIC W. H. MYERS

*Casus in vota praecepse,
Tres, ait, Aenea, cetus? Neque enim ante dehiscent
Adsimilis magna ora domus.*—VIRGIL.

"*Nay!*" quoth the Sybil, "*Trojan! will thou spare
The impassioned effort and the conquering prayer?
Nay! not save thus these doors shall open roll,—
That Power within them burst upon the soul.*"

IN TWO VOLUMES
VOL. I

LONGMANS, GREEN, AND CO.
39 PATERNOSTER ROW, LONDON
NEW YORK AND BOMBAY
1903

All rights reserved

『육신의 사후에도 소멸하지 않는 인간의 개성에 관하여』, 1903

의 정신세계에 영향을 미칠 수 있다면 우리가 생각해왔던 것과 상당히 다른 인간의 능력이 존재하는 거였으니까요. 이로써 유물론자들의 근거가 사라졌고 내 기존 입장도 무너졌습니다. 인간의 정신과 영혼과 지적 능력이 육신과 멀찌감치 떨어져서 작용할 수 있다면 말 그대로 육신과 분리될 수 있다는 것 아니겠습니까? 그러니까 육신이 소멸했을 때 스스로 존재하지 못할 이유가 없지요.

파크 그 뒤로 경은 베일을 넘어간 사람들이 그곳의 실상을 알리는 메시지라고 주장하는 자료들을 방대하게 수집하셨죠.

도일 자료는 셀 수도 없이 많습니다.

파크 그중 몇 건을 읽었을 때 든 생각이 뭐였는가 하면 하나같이 지구와 비슷한 곳으로 묘사되어 있다는 것이었습니다. 사람들이 신빙성을 의심하는 것도 그 때문이죠.

도일 저세상을 그런 식으로 보는 시각에 어떤 문제점들이 있는지 나도 압니다. 우리는 언덕과 계곡이 지질학적인 작용과 비로 인한 오랜 침식작용으로 만들어졌다고 배웠으니 그곳에도 언덕과 계곡이 있다고 하면 우리 관점에서는 비슷한 과정을 거쳐서 형성돼야 하는 것 아니냐고 지레 짐작하기 마련이지요.

파크 맞습니다.

도일 일리가 있고 설득력 있는 반론입니다. 하지만 수많은 증인이 한목소리로 그렇다고 하는데 그걸 아무렇지도 않게 무시할 수는 없죠. 그곳으로 건너간 사람들이 그렇듯 이 오래된 땅에도 에테르체etheric body가 있을지 모른다고 생각하는 사람들이 있습니다. 모든 자연현상을 제거한다면 천국은 물도 없이 광활하기만 한 평지가 될 테죠. 그것이 논리적으로는 좀 더 그럴듯한 그림일지는 몰라도 매력적이진 않습니다.

파크 하지만 사후 세계에 대한 경의 믿음은 지적인 연구 수준을 넘어선 걸로 아는데요. 도덕적인 원동력이 되지 않았습니까?

도일 만약 사후 세계가 있다는 확신 아래 우리가 자신의 영적 발전에 확실하게 책임감을 느낀다면—고위층의 다른 사람들에게 책임을 전가하지 않고 개개인이 책임을 진다면—인류 역사상 전대미문 수준으로 도덕성이 강화될 겁니다.

파크 그런 시대가 올 거라고 생각하십니까?

도일 지금은 그런 시대가 도래하는 과정일 뿐입니다. 우리 후손들은 지금이 인류가 신에 대한 믿음을 잃고 이승에서의 일시적인 삶에 열중하느라 영적 현실감을 잃어버렸던 암흑기의 절정이라고 생각할 겁니다.

파크 그럼 이 자리에서 정확하게 알려주십시오. 우리가 죽으면 어떻게 되는지.

도일 죽음으로 인해 인간의 발전 과정이 갑작스럽게 달라지지는 않습니다. 죽음 전후의 모습에 건널 수 없는 간극이 생기지도 않고요. 외관상의 특징이나 성격의 특이점도 죽음으로 달라지지 않고 고스란히 유지됩니다. 영적인 육신은 세속적인 육신과 최상의 대응 관계이며 인간의 중심이라고 할 수 있는 영의 본바탕도 여기에 고스란히 담겨 있죠. 이 세상은 비약하지 않고 천천히 발전하고 있으니 영혼도 느닷없이 악마나 천사가 되는 게 아니라 느린 성장을 계속한다고 보는 게 맞지 않을까요?

파크 그러니까 육신이 사망하면 우리 선한 영의 본바탕이 더욱 자유롭게 발전할 수 있다는 겁니까?

도일 심령술이 육신을 바라보는 기본 전제가 뭔가 하면 훨씬 엷은 물질로 이루어졌을 뿐 영혼은 아주 사소한 부분까지 육신을 완벽하게 닮은 복사판이라는 겁니다. 보통은 이 둘이 서로 섞이면서 좀 더 좋은 쪽이 완전히 가려지죠. 그러나 사후에는,

아니 살아생전에도 특별한 경우에는 이 둘이 개별적으로 분리가 됩니다. 사후가 살아생전의 특별한 경우와 다른 점은, 이 두 개가 완벽하게 분리된다는 것과 둘 중에서 좀 더 가벼운 쪽이 전적으로 삶을 주도한다는 겁니다. 좀 더 무거운 쪽은 살던 생물이 빠져나간 고치처럼 썩어서 없어지는데, 이 세상은 고치를 묻는 일에만 열심이고 그 안에 들어 있던 좀 더 고귀한 내용물은 어떻게 되었는지 알아보려고 하지를 않습니다.

파크   번데기에서 탈피하는 나비 이야기 같네요.

도일   가벼운 쪽은 아무 고통 없이 자연스럽게 무거운 쪽과 분리돼서 천천히 밖으로 빠져나오고 같은 정신세계, 같은 감정, 정확하게 닮은 꼴로 마지막 숨을 내뱉은 육신 옆에 서는데 그의 눈에는 주변 사람들이 보이지만 주변 사람들에게 그를 드러낼 방법은 없죠. 영안이 밝거나 투시력이 뛰어난 사람이 옆에 있지 않다면요.

"거시적인 관점에서 보면 내세의 즐거움은
우리에게 주어진 재능을 발전시키는 데 있습니다"

파크   사후 세계는 즐거운 곳입니까? 내세를 다소 재미없는 곳으로 그리는 사람들도 있는데요. 그리스도교에서는 그곳을 흥미진진한 곳으로 포장하는 데 한 번도 성공한 적이 없고요.

도일 거시적인 관점에서 보면 내세의 즐거움은 우리에게 주어진 재능을 발전시키는 데 있습니다. 활동가는 활동을 할 것이고 사상가는 지적인 일을 할 겁니다. 하느님이 예술, 문학, 연극, 종교 쪽으로 재능을 내린 사람들은 그 일을 할 테고요. 우리의 머릿속에 든 정보와 특징이 고스란히 그곳으로도 넘어가니까요. 배운 대로 저장이 되기 때문에 너무 나이가 많아서 아무것도 배울 수 없다는 말은 통용되지 않습니다. 육체적인 사랑을 하지 않았거나 아이를 낳지 않았어도 서로 진심으로 사랑했던 부부 간에는 끈끈한 유대감이 존재할 겁니다. 대개는 남녀 간의 깊은 우정과 동지애도 가능할 거고요.

파크 예수님이 말하길 천국에는 결혼이라는 게 없다고 하셨죠. 그런데 경이 생각하기에는 그렇다고 해서 우정까지 없는 건 아니라는 말씀인가요?

도일 모든 남녀가 조만간 영혼의 동반자를 만나게 되어 있습니다.

파크 어려서 죽은 아이들은요?

도일 정상적으로 성장하기 때문에 두 살짜리 아이를 먼저 보낸 어머니가 20년 뒤에 죽으면 스물두 살로 성장한 딸과 만날 수 있습니다. 그곳에서는 우리 동맥 속 석회에 의해 기계적으로 산출되는 나이가 사라지고 너 나 할 것 없이 완벽하게 정상적으로 성장한 남자 아니면 여자의 모습으로 되돌아갑니다. 여자들은 사라진 미모를 슬퍼할 일이 없고 남자들은 사라진 정력이나 약해진 지적 능력을 슬퍼할 일이 없습니다. 이 모든 것이 저승에서 그들을 기다리고 있어요. 그곳에는 기형이나 신체적인 결함도 없습니다. 모든 게 정상적이고 최적의 상태예요.

파크　인간의 심신을 통틀어 모든 게 완벽하다는 말씀이로군요. 그럼 풍경은요? 아, 그리고 기후는요?

도일　모두들 근사한 시설과 음악이 갖추어진 쾌적한 주택에서 끼리끼리 행복하게 삽니다. 아름다운 정원, 사랑스러운 꽃, 파릇파릇한 나무, 상쾌한 호수, 애완동물. 이 모든 것들이 낡고 우중충한 집에서 미적거리는 사람들에게 찾아온 선구적인 여행객들이 전한 메시지에 자세하게 설명되어 있죠. 그곳에는 가난뱅이도 부자도 없습니다. 장인들은 작품을 계속 만들지만 재미로 만드는 겁니다. 모두들 최선을 다해 공동체에 이바지하고 고귀한 은총의 목사들, 그러니까 성서 속의 '천사들'이 내려와서 지도하고 도와주지요. 무엇보다 위대한 그리스도의 정신, 지구 상의 모든 부류를 자신의 아주 특별한 날개 밑에 품었던 그리스도의 이성과 정의와 공감을 바탕으로 한 이해의 정신이 구석구석을 비춥니다. 기쁨과 웃음이 넘치는 공간이에요. 모든 종류의 게임과 스포츠가 있고 고통이나 밑바닥 인생을 유발하는 요인은 하나도 없습니다. 일반적인 의미의 음식이나 술은 존재하지 않아요. 하지만 시식의 즐거움은 있는 것 같습니다.

파크   이런 식으로 그린 천국의 풍경은 아서 경의 희망 사항이 아닐까요?

도일   이것은 내가 기존의 방대한 증언을 수집한 결과 내린 결론이며, 여기서 핵심적인 부분들은 전적으로 종교적인 관점에서 이 문제를 묵묵히 주시한 전 세계의 수많은 연구자들이 오래전부터 인정한 내용이라는 말로 대답을 대신하겠습니다.

파크   그런데도 아직 널리 전파되지 않았네요.

도일   예리한 지성을 갖춘 존 러스킨도 목격된 심령학적인 사실들을 근거로 영생을 확신한다고 했지요.

파크   그런 유명 인사의 지원사격은 분명 도움이 되겠는데요.

도일 여기에 동의한 유명 인사들의 이름을 꼽으라면 수십, 수백 명
에 달하고 그들의 지원사격이 있으면 이 지구 상의 어떤 운동
이라도 품격이 높아지겠죠. 그들은 빛이 맨 처음 비추는 높은
봉우리라고 할 수 있습니다. 하지만 여명이 번지면 아무리 낮
은 곳이라도 그 빛을 함께 누릴 수 있을 겁니다.

영웅들이 있을 곳은 없다

나는 아서 경에게 영웅이라고 생각하는 사람의 이름을 세 명만 종이에 적어달라고 했다. 누구를 영웅이라고 생각하는지 들으면 그 사람에 대해서 많은 걸 알 수 있다고 생각하기 때문이다. 솔직히 그가 맨 첫 번째로 적어준 이름은 잘 모르는 사람의 이름이었다.

파크　맨 첫 번째로 적은 영웅이 대니얼 던글러스 홈이네요. 이유가 뭘까요?

도일　영매입니다. 근대 역사상 가장 훌륭한 물리적 영매였지요.

파크　그리고 경이 보시기에 남다른 자질을 갖추었겠죠?

도일　그가 나약한 사람이었다면 자신의 남다른 능력을 바탕으로 패거리를 만들어서 모두가 인정하는 제사장 자리에 오르거나 권력과 신비로움의 황홀한 매력으로 휘감고 다녔을 겁니다. 그만한 위치에 있었던 사람이라면 대부분 그걸로 돈을 벌고 싶은 유혹을 느꼈을 테니까요. 이 부분에 대해서 당장 밝히자면 그는 특이한 사역을 펼친 30년 동안 자신의 재능에 대한 대가로 1실링shilling. 1기니의 21분의 1도 벌지 않았습니다.

파크 그 자체만으로도 대단한데요.

도일 돈의 유혹보다 더 은밀한 유혹들도 있었을 텐데 타협을 모르는 흄의 곧은 성격이 가장 훌륭한 안전장치였죠. 그는 단 한순간도 겸손과 균형 감각을 잃은 적이 없습니다. "나에게는 여러 가지 능력이 있습니다." 그는 입버릇처럼 이렇게 얘기했죠. "신사 대 신사로서 내게 다가와주기만 한다면 혼신의 힘을 다해서 여러분에게 그 능력들을 보여드리고 싶습니다. 여러분이 나의 능력을 좀 더 파헤쳐주면 좋겠습니다. 합당하다면 어떤 실험이든 응하겠습니다. 나는 나의 능력에 대해서 아무 권한이 없습니다. 그들이 나를 쓰는 것이지 내가 그들을 쓰는 게 아니에요. 그들은 몇 달 동안 나를 버려두었다가 두 배로 더 강력해져서 돌아옵니다. 나는 수동적인 도구입니다. 그 이상도 이하도 아닙니다."

"진정한 위인들은
천성적으로 허세가 없습니다"

파크   자아도취에 빠질 일은 없겠군요!

도일   그는 한결같이 그런 태도를 보였습니다. 예언자의 망토를 두르거나 마법사의 모자를 쓰지 않았고 편안하고 서글서글한 보통 남자처럼 굴었죠. 진정한 위인들은 천성적으로 허세가 없습니다.

파크   그래서 그가 어떤 능력들을 보여주었나요?

도일   홈의 능력을 가늠하는 시금석으로 공중 부양을 얘기해볼까요? 그는 환한 빛이 비추는 가운데 덕망 있는 증인들 앞에서 지금까지 100회 이상 공중 부양을 했다고 합니다. 요즘이야 의도적으로 무지를 고집하는 사람들이 아닌 이상 너도나도 심령현상이 어떤 건지 알지만, 당시 홈이 자기 능력을 대중에게 공개하기 위해서 얼마나 정신적으로 용기를 내야 했을지는 상상조차 하기 힘든 일이죠.

파크   어째서 그렇습니까?

도일　유물론적인 빅토리아시대의 평범한 영국 지식인들이 보기에, 뉴턴의 만유인력의법칙에 위배되는 현상과 정신적인 능력으로 물질을 조종하는 것을 보여줄 수 있다고 주장하는 남자는 명백한 불한당이자 사기꾼이었을 테니까요.

파크　아, 그랬겠군요. 기퍼드 부대법관이 상당히 비판적이었죠.

도일　기퍼드 부대법관이 리옹 법원에서 내린 심령술 관련 판결은 그가 속한 계급의 생각을 그대로 반영한 것이었죠. 그는 심령술에 대해서 아무것도 몰랐지만 그런 주장은 당연히 거짓일 수밖에 없다고 믿었습니다. 그 비슷한 현상들이 분명……

파크　예를 들면 공중 부양 같은…….

도일　분명 그런 사례들이 머나먼 나라와 고서에서는 보고된 바 있었지만 평범하고 견실한 영국—은행 금리와 무환수입의 나라 영국—에서는 진지하게 받아들일 수 없는 황당한 발상이었으니까요!

파크　그러니까 불가능한 일로 여겼기 때문에 불가능해진 거였군요.

도일　기록에 따르면 이 재판에서 기퍼드 경은 홈의 변호사를 돌아보며 이렇게 물었습니다. "의뢰인이 공중으로 부양한 적 있다고 주장하는데 맞습니까?" 변호사가 그렇다고 하자 그는 배심원단을 돌아보며 태곳적에 제사장이 했음 직한 행동을 보였죠. 신성모독에 항의하는 뜻에서 옷을 찢은 겁니다! 1867년에는 판사의 발언을 꼼꼼하게 따질 수 있을 만큼 고등교육을 받은 배심원이 거의 없었는데 그 분야에서만큼은 지난 50년 사이 일말의 발전이 이루어졌죠. 속도가 더디기는 했지만 그리스도교도 인정받기까지 300여 년이 걸리지 않았습니까.

파크   일반 법정에서는 믿을 만한 증인이 딱 한 명만 있으면 충분한데 경의 주장에 따르면 영적 능력에 있어서는 증인이 아무리 많아도 부족하다는 말씀이로군요.

도일   맞습니다. 홈의 공중 부양 사례는 워낙 많아서 그것만으로도 장문의 글을 쓸 수 있을 정도입니다. 크룩스 교수는 이 현상을 몇 번이나 목격했고 자기가 아는 것만 50번이라고 했지요. 하지만 편견이 없는 사람이라면 누구나 내가 위에 적은 짧은 글을 읽고 챌리스 교수와 같은 말을 할 겁니다. "사실을 인정하든지 아니면 인간의 증언으로 사실을 입증할 수 있다는 발상을 포기해야 하지 않겠는가?"

파크   강력한 일갈이로군요.

도일 나는 홈의 인생 역정이야말로 심령술사가 어떤 처지인지 보여주기에 충분한 증거라고 생각합니다. 절대적으로 솔직한 이 영매는 가끔 모든 능력이 완전히 사라져버리는 시기를 겪었다고 했습니다. 이런 시기를 예측할 수 있었기에 능력이 돌아올 때까지 정직하게 모든 시도를 자제했고요.

파크 능력이 아무 이유 없이 사라졌다가 다시 생겼다고 했죠.

도일 내가 보기에는 예전에 아주 엄격한 시험도 통과했던 영매가 성공리에 달성한 위업을 나중에 아주 서툴게 흉내 내려다 들통이 나는 이유도 이렇게 능력이 간헐적으로 사라지는 시기가 있어서 아닌가 싶습니다. 능력이 사라졌는데 솔직하게 고백할 용기는 없고, 받은 돈을 포기할 자제심도 없기에 예전에는 진짜였던 것을 졸렬하게 모방해서 돈을 버는 거지요.

파크 하지만 홈의 얘기를 들어보면 우리가 기적의 시대로 돌아간 듯한 느낌이 드는데요!

도일 기적은 없습니다.

파크 그게 무슨 말씀입니까? 방금 전에 공중 부양이라는 기적을 소개하지 않으셨습니까.

도일   이 세상에 초자연적인 현상은 없습니다. 우리가 현재 목격 중
           이고 과거에 문헌으로 접했던 현상은 아직 연구되거나 정의
           내려진 바 없는 법칙이 적용됐을 뿐인 거죠. 물리적인 현상과
           마찬가지로 그 가능성과 한계를 벌써부터 다소간이나마 정확
           하게 드러내고 있잖습니까.

"바늘이 자석을 향해 위로 솟아오른다고 해서
중력의 법칙에 위배되는 건 아닙니다.
중력의 법칙보다 더 강한 힘이
개입되었기 때문에 나타나는 현상이죠"

파크   그러니까 기적은 없고 하늘의 이치가 발현됐을 뿐이라는 거군
           요. 홈의 공중 부양도 마찬가지고요.

도일   아무것도 믿지 않는 사람들과 너무 많이 믿는 사람들 사이에
           서 균형을 잡을 줄 알아야 합니다. 시간이 지나면 차츰 안개가
           걷히고 어두컴컴한 해안선을 지도로 그릴 수 있겠죠. 바늘이
           자석을 향해 위로 솟아오른다고 해서 중력의 법칙에 위배되는
           건 아닙니다. 중력의 법칙보다 더 강한 힘이 개입되었기 때문
           에 나타나는 현상이죠. 영적 능력도 물질계에 그런 식으로 작
           용하는 겁니다. 만약 이런 능력에 대한 홈의 믿음이 흔들렸거
           나 주변이 지나치게 산만했다면 그는 추락했을 겁니다. 베드

로도 믿음을 잃었을 때 물에 빠지지 않았습니까. 몇 세기 동안 같은 원인이 같은 결과를 낳고 있어요. 우리가 고개를 돌리지만 않으면 영적 능력은 언제나 우리 곁을 지키고 있습니다. 영국에는 보류하고 고대 유대에만 허락된 건 없습니다.

파크 훌륭한 발상입니다. 적어주신 명단의 두 번째 이름은 18세기 인물인 에마누엘 스베덴보리Emanuel Swedenborg, 1688~1772. 스웨덴의 신비주의자네요.

도일 맞습니다.

파크 호르헤 루이스 보르헤스Jorge Luis Borges, 1899~1986는 그를 가리켜서 인류 역사를 통틀어 가장 비범했던 인물이라고 했죠. 대다수가 그를 심령술의 진정한 아버지라고 생각했고요.

도일 나도 동의합니다. 그의 이름은 약간 자아도취에 빠져 있고 도저히 믿기지 않는 예전 교회의 시각이 아니라 새로운 세계가 어떤 것인지 들려주고 싶은 마음에 우리 곁으로 다시 돌아온 망자들에게 들은 이야기를 바탕으로 죽음의 과정과 그 이후의 세상을 맨 처음 서술한 근대인으로 영원히 기억되어야 할 겁니다.

파크   그리고 세 번째 이름이 예수그리스도네요. 경이 교회에 별 관심이 없다는 사실을 감안했을 때 뜻밖이라고 할 수 있는데요!

도일   그리스도는 가장 고귀한 혼령이자 하느님의 아들이죠. 우리도 마찬가지지만 그리스도가 하느님과 더 가까이 있으니 더 특별한 의미에서 하느님의 아들이라 할 수 있습니다. 우리가 죽으면 어쩌다 한 번씩, 아주 특별한 경우가 아닌 이상 그리스도가 직접 맞아주지 않습니다. 밤낮 할 것 없이 1분에 100명 정도 저세상으로 건너가니 그럴 수밖에 없지요.

파크   우리가 그리스도를 만날 수 있을까요?

도일   어느 정도 시간이 지나면 그의 옆에 가서 육신은 보이지 않을지언정 성령으로 모든 것을 감화시키는, 세상에서 가장 따뜻하고 인정 넘치며 유익한 동료 겸 길잡이인 그를 만날 수 있을지 모릅니다. 저세상 사람들이 예수를 이야기할 때 대개 그렇게 말합니다. 이 세상의 많은 부분을 전부 특별하게 보살피며 끊임없이 고민하는, 온화하고 다정하며 강력한 혼령이라고 말입니다.

파크   지금까지 경이 영웅이라고 생각하는 인물로 홈, 스베덴보리, 예수의 어떤 점을 존경하는지 이야기를 나누어보았는데요. 이

번 대화를 마치기 전에 마지막으로 한 가지만 더 여쭈어보겠습니다. 경은 어떤 태도를 가장 존경하지 않습니까?

도일 저세상의 영적 병원을 가득 채우는 가장 흔한 질병이―그래서 사후에 누구나 누리는 행복을 일시적으로 방해하는 질병이― 조지프 러디어드 키플링Joseph Rudyard Kipling, 1865~1936의 시에서 톰린슨이 지은 죄입니다. 영국의 번듯한 계층에서 가장 흔하게 저지르는 죄이기도 하죠.

"현실에 만족하는 사람,
영혼을 주기적으로 담금질하지 않으면서
교회나 신의 구원을 바라는 사람은
극도로 위험한 상태라고 할 수 있습니다"

파크 무슨 죄입니까?

도일 인습의 죄, 의식적으로 노력과 발전을 하지 않는 죄, 자기만족적인 태도와 일상의 안락으로 영혼에 살이 쪄서 게을러지는 죄입니다. 현실에 만족하는 사람, 영혼을 주기적으로 담금질하지 않으면서 교회나 신의 구원을 바라는 사람은 극도로 위험한 상태라고 할 수 있습니다. 개개인에게 영적인 삶을 장려한다면 그리스도교가 됐건 비非그리스도교가 됐건 다 좋습니다. 하지만 어떤 의식이나 교리를 따르면 내가 이웃보다 조금이라도 잘난 사람이 된다거나 그게 더 높은 곳에 이르는 유일한 길이므로 할 수 있는 개인적인 노력을 생략해도 된다는 착각에 빠지는 순간 어떤 교회든 타락하게 됩니다.

파크 그건 모든 이에게 적용되는 얘기겠죠?

도일 심령술을 믿는 사람이건 다른 걸 믿는 사람이건 모두에게 적용되는 이야기입니다. 실천으로 보여주지 않으면 아무 소용이 없어요. 열을 지어서 존경할 만한 리더를 무조건적으로 따라가면 이승에서는 아주 편안하게 살 수 있을지 모릅니다. 하지만 죽을 때까지 그럴 수는 없습니다. 인간은 누구나 홀로 죽으니까요.

파크   귀가 얇다고 경을 비난하는 사람들도 있지만 경은 사실 맹신
       과는 거리가 먼 성격이죠.

도일   "나는 절대 넘겨짚지 않아. 정보도 없는데 가설을 세우는 것은
       치명적인 실수지. 그러면 실상에 맞춰서 가설을 세우는 것이
       아니라 무의식중에 실상을 가설에 끼워 맞추게 되거든."

파크   셜록 홈스가 왓슨에게 한 말 아닙니까? 『네 사람의 서명』에서요.

도일   그 정도는 기본이죠, 사이먼!

파크   감사합니다. 경이 항상 실상을 중요하게 여겼다는 것을 저는 압
       니다. 검사하고 진단을 내리는 의사로 사회생활을 시작하셨으
       니까요. 그리고 경의 과학자 기질은 언제나 변함이 없었지요.

증거와 단서, 심지어 표적을 요구하는 과학자 기질 말입니다.

도일　우리 인간은 먼저 검증할 수 있는 표적이 있어야 검증할 수 없는 주장을 받아들일 수 있습니다. 예전에는 사람들이 예언자에게 표적을 요구했죠. 절대적으로 타당한 요구였고 그건 지금도 마찬가지입니다.

파크　경은 심령술의 표적을 요구하셨겠군요. 그런데 이런 말씀 드리기 조심스럽습니다만 우리가 황색 언론에서 접할 수 있는 표적들은 대다수가 다소 유치한 것인데요.

도일　전화벨은 그 자체로 아주 유치할지 몰라도 아주 중요한 메시지를 전달하는 신호가 될 수 있죠.

"정말로 중요한 건 표적이 아니라 메시지입니다"

파크　경은 문헌으로 소개된 신기한 사건들을 그런 식으로 이해하시는군요.

도일　크건 작건 모든 현상은 그 자체로는 아무 의미도 없지만 인류에게 보내는 신호라는 점에서 전화벨이나 다름없다는 생각이 들었습니다. "각성하라! 대기하라! 깨어 있으라! 여기 그대들을 위한 표적이 있다. 그 표적을 따라가면 하느님이 보내고자 하는 메시지에 닿을 수 있을 것이다." 정말로 중요한 건 표적이 아니라 메시지입니다.

파크 그래서 오늘 아침에는 경이 어떤 표적들을 접하고 각성을 하게 되었는지 이야기를 듣고 싶습니다.

도일 100년이 된 집에서 예민한 아내와 함께 사는 친구가 있었죠.

파크 예민하다면 영적으로 유난히 깨어 있었다는 말씀입니까?

도일 맞습니다. 그런데 부인은 계단을 내려갈 때마다 똑같은 지점에서 계속 누군가 자신을 떠미는 듯한 기분을 분명하게 느꼈습니다.

파크 방심하다가는 큰일 나겠습니다.

도일 그런데 나중에 알고 보니 어떤 아이가 장난삼아 떠미는 바람에 예전에 그 집에서 살았던 노부인이 균형을 잃고 계단을 구른 적이 있었다더군요.

파크 그래서 경은 그 현상을 어떤 식으로 받아들였습니까?

도일　장난꾸러기 요정이 그 계단을 지키면서 끔찍한 짓을 반복하는 거라고, 반드시 그렇게 해석할 필요는 없습니다.

파크　그렇기는 하지요. 하지만 그림이 그럴듯하지 않습니까!

도일　추락 당시 놀랐던 노부인의 마음이 지워지지 않는 흔적을 남겨서 그런 식으로 희한하게 발현되는 거라는 설명이 더 그럴듯하지 않습니까?

파크　하지만 어디에 흔적을 남길 수 있었을까요?

도일　그런 감정은 유형으로 전환되고 미묘하나마 유형의 연결 관계를 수반하죠.

파크　그러니까 어떤 사물에 각인될 수 있다는 말씀인가요?

도일　지금까지 밝혀진 바에 따르면 이 세상은 공기와 에테르, 이 두 가지로 이루어져 있습니다. 공기는 유동적이기 때문에 영원한 흔적이 새겨질 수 없습니다. 하지만 에테르는 유동적일까요? 에테르는 파동을 품고 있는 아주 미묘한 매질로 묘사되지만 내 생각에는 흔들리고 떨리는 아주 엷은 젤리에 비유하는 것이 알맞지 않을까 싶습니다. 이 미묘한 물질은 온 우주를 감싸고 곳곳에 스며들어 있는데 워낙 미세해서 바람이나 입자가 굵은 다른 물질의 영향을 받지 않기 때문에 상태를 바꿀 필요가 없죠.

파크 상당히 파격적인 발상인데요.

도일 내가 성급한 결론을 내리고 있다는 건 압니다. 맞아요. 하지만 나의 가설이 맞는 것으로 검증되면 그 위로 영상을 비출 수 있는 영구한 화면이 생기는 겁니다. 에테르 블록이 계단 위에서 항상 같은 자리를 지키고 있기 때문에 예전의 감정이 전달되는 거죠.

파크 궁금한 게 있습니다만 경에게도 영적 능력이 있습니까?

도일 나는 영적 능력이 전혀 없지만 예전에 전쟁이 벌어졌던 장소에 서면 상상이 아니라 확연한 중압감과 더불어 주변이 어두워지는 특이한 현상을 느낄 수 있습니다.

파크 고통과 몸부림이 느껴지는 거군요?

도일 특히 예리하게 느꼈던 곳이 헤이스팅스1066년에 해럴드 2세의 영국군이 윌리엄 공작의 노르망디군에게 패배한 곳와 컬로든1746년에 영국의 재커바

이트군이 일으킨 반란의 마지막 전투가 벌어진 곳이었는데, 양쪽 모두 그곳에서 벌어진 전투를 끝으로 대의명분이 완전히 짓밟혔기 때문에 패배한 쪽의 가슴에 쓰라린 응어리가 가득 남았겠죠. 그래서 거기에 그 그림자가 아직까지 남아 있습니다. 이와 같은 현상의 보다 흔한 예를 들자면 어떤 집에 들어갔을 때 문득 가슴속이 암울해지는 느낌을 들 수 있겠죠.

파크 저는 위풍당당한 대저택에 들어가면 그렇던데요.

도일 심리가 극단적으로 불안한 사람은 이 나라 귀족들의 위풍당당한 고성을 부러워할 필요가 없습니다. 잔인한 범죄나 기타 악행이 저질러졌던 여러 방의 암울한 흔적을 고스란히 간직하고 있는 으리으리한 대저택보다 영적인 소동으로 오염되지 않은 소박한 오두막집에서 지내는 쪽이 훨씬 행복할 테니까요.

파크 경은 몇 년 동안 수많은 사람이 경험한 신기한 사건과 표적의 사례를 수집하셨지요.

도일 런던 웨스트엔드의 고택에 사는 숙녀의 편지를 받은 적이 있습니다. 어느 겨울밤에 어설프게 잠이 들었는데 양피지가 탁탁거리는 소리에 눈을 떠보니 벽난로 앞 의자에 어떤 남자가 앉아 있더랍니다.

파크   어떤 남자가요?

도일   허레이쇼 넬슨Horatio Nelson, 1758~1805 시절을 연상시키는 놋쇠
       단추가 달린 제복을 입고, 분을 뿌려서 까만색 리본으로 묶은
       가발을 쓰고, 꾸깃꾸깃하게 뭉친 서류 비슷한 것을 오른손에
       쥔 채 장작불만 똑바로 쳐다보고 있었답니다. 당당하고 잘생
       긴 외모였고요. 제복의 버클과 단추 위로 번뜩이며 이글거리
       는 장작불을 마주하고 몇 시간 동안 그렇게 앉아 있다가 새벽
       녘에 서서히 사라졌답니다.

파크   그래서 어떻게 됐습니까?

도일   그 뒤로 몇 번 더 똑같은 사람이 보였으니 그곳에 계속 붙박
       여 있는 유령이고 투시력에 따라 감지 여부가 결정됐다고 봐
       도 무방하겠죠. 결국에는 그 방에서 종교의 힘을 빌린 퇴마 의
       식을 거행하자 두 번 다시 나타나지 않은 걸로 압니다.

"감정이 폭발하는 순간
사진과 같은 형체가 발산된다는 가설에
완벽하게 맞아떨어지는 사례라고 볼 수 있겠죠"

파크   그래서 셜록, 거기서 어떤 결론을 도출했나요?

도일 감정이 폭발하는 순간 사진과 같은 형체가 발산된다는 가설에 완벽하게 맞아떨어지는 사례라고 볼 수 있겠죠. 손에 쥔 양피지는 그 장교가 준비했거나 받은 유언장 아니면 중요한 서류일 텐데, 어느 쪽이건 간에 벽난로 앞에서 들여다보던 중 정신적으로 엄청난 스트레스를 받는 바람에 시간이라는 화면에 양피지의 기록이 새겨진 겁니다.

파크 편지를 또 한 통 들고 계신데요.

도일 이건 전쟁의 암울한 시기로 우리를 안내하는 편지입니다. 핀란드에 사는 영국 숙녀가 보낸 편지예요. 그녀의 남동생이 어느 전투의 막바지에서 새벽에 공격을 받고 전사했을 때의 일입니다. 바로 그 시각에 남동생이 평생 겪은 일들이 그녀를 스쳐 지나갔습니다. 전쟁터가 눈앞에 펼쳐졌으며 총성이 들리고, 수염을 기른 나이 많은 독일군이 던진 뭔가에—아마 폭탄이었겠죠—그녀가 맞았습니다. 며칠 뒤에 또다시 이것과 비슷하게 생생한 꿈을 꾸었는데, 그녀는 환하게 빛나는 혼령을 따라서 포플러가 늘어선 프랑스의 어느 길을 걸어가다가 마침내 남동생의 시신이 누워 있는 곳에 다다랐습니다.

파크 어쩌면 남동생이 죽을 수밖에 없는 운명이라는 두려움과 예감 때문에 그런 꿈을 꾼 것 아닐까요.

도일 전혀 아닙니다. 그녀의 주장에 따르면 그녀에게는 남동생이 사선이 아니라 병참부에 있을 거라고 생각할 만한 이유가 충분했다고 합니다. 공식적으로 전사 소식이 전해진 것도 휴전 이후였고요. 이런 사례는 워낙 흔해서 사리 분별을 갖춘 사람이라면 누구라도 인정할 수밖에 없을 겁니다. 하지만 이걸 설명하는 것은 차원이 다른 문제죠. 심령술을 온전히 믿는다고 하더라도 말로 설명할 수 없는 일들이 부지기수니까요.

파크 그러게 말입니다. 꿈을 통해서 소식을 전한 사람은 누구일까요? 어떤 식으로 한 걸까요? 그렇게 한 이유는 뭘까요? 설명할 수 없는 부분이 한두 개가 아닙니다.

도일 실제 벌어진 사건을 그대로 재현한 꿈을 꾸는 것도 설명하기 힘든 현상이지만 그보다 더 풀기 어려운 숙제가 미래를 보여주는 예지몽이지요. 한번은 어떤 신사가 꿈을 꾸었는데 아는 여자가 분홍색의 뭔가를 잡고 씨름하고 있더랍니다. 다음 날 물어보니 이렇게 대답했다더군요. "맞아요. 어제 밤늦게까지 분홍색의 얇은 비단 크레이프로 블라우스를 만들었어요. 얼른 끝내고 싶어서." 그녀가 늦게까지 일을 했다고 했으니 그는 그 순간에 벌어지고 있는 일을 꿈속에서 본 거라고 할 수 있겠는데, 이런 걸 바로 '편력 투시travelling clairvoyance'라고 합니다. 에테르체가 물질체에 해당하는 뇌의 무의식 속으로 정보를―어떨 때는 놀라울 정도로 사소한 정보를—가져다주는 거죠.

파크 그러니까 그게 흥미진진한 꿈일지는 몰라도 아주 중요한 꿈은 아니네요. 덕분에 뭔가 도움을 받은 사람이 아무도 없었으니 말입니다.

도일 아, 하지만 다음 사례를 보면 알 수 있다시피 가끔은 아주 도움이 될 때도 있습니다. 편지를 보낸 사람은 케임브리지대학을 갓 졸업한 맨체스터 출신의 청년인데요. 스위스로 놀러갔을 때 이글거리는 태양과 새파란 하늘 아래로 열대 섬의 모래밭이 등장하는 꿈을 꾸었답니다. 그런데 특이하게 생긴 삼각형 모양의 단검을 든 거한이 느닷없이 그의 앞에 등장하더니 그 칼을 휘두르는 동작을 취하고 사라지더랍니다. 다음 날 청년은 더 이상 쓰이지 않는 터널 탐험에 나섰습니다. 그의 편지를 읽어드리죠.

안으로 들어가보니 천장에 거대한 고드름이 여러 개 주렁주렁 매달려 있었습니다. 그중에서도 유난히 큼직한 고드름이 한눈에 들어오더군요. 삼각형 모양이었고 끝이 뾰족했습니다. 꿈이 생각나면서 삼각형 모양 단검의 정체를 알 수 있었습니다. 저는 걸음을 멈추었고 바로 그 순간 요란한 소리와 함께 고드름이 통째로 떨어졌습니다. 그 무게가 적어도 90킬로그램은 됐을 테니 저는 목숨을 잃었을지도 모릅니다.

파크 우연의 일치 아닐까요. 그리고 열대 섬은 어떤 식으로 설명하실 겁니까.

도일 가설을 하나 제시하자면—진위 여부는 장담할 수 없습니다—수호신이나 수호천사가 있다고 믿는 사람들이 많지 않습니까. 그런데 이 수호신이 동양인인 경우도 많습니다. 이 청년의 수호신이 이집트인이었고 그에게 경고를 하는 와중에 고국의 느낌을 떠올리게 된 것일 수 있지 않을까요. 그 학생 말로는 단검이 예전에 고대이집트에서 쓰였던 모양이라고 하더군요. 더 나은 해석이 나올 때까지 그런 식으로 설명할 수도 있다고 봅니다.

"모험을 갈망하는 사람이라면
심령연구에서 원하던 것을 찾을 수 있을 겁니다"

파크 한 가지 사실만큼은 분명하네요. 심령연구가 절대 지루하지 않다는 것 말입니다!

도일 모험을 갈망하는 사람이라면 심령연구에서 원하던 것을 찾을 수 있을 겁니다. 나만 해도 상상력을 아무리 마음껏 발휘해도 대적할 수 없는 사례들을 실제 현실에서 수없이 맞닥뜨렸으니까요.

파크 경의 작품보다 낫다는 말씀입니까? 위클랜드 부부 이야기도 하셨는데요.

도일 로스앤젤레스에 사는 위클랜드 부부는 언론에 가끔 소개된 적도 있죠. 위클랜드 씨는 심령현상을 심도 있게 공부한 학생이고, 나처럼 대다수의 정신병과 범죄가 노골적인 집착에서 비롯된다고 믿었습니다. 그 사실을 인식하는 것이 정신병과 범죄 퇴치에 필요한 첫 단계라고 생각했고요. 그의 아내는 영적 존재에 매우 민감한 영매이며 의도만 훌륭하다면 혼령에게 자신을 빌려줄 마음의 준비가 되어 있었습니다. 내가 보기에는 세계를 대표하는 여걸 중 한 명이에요.

파크 엄청난 칭찬인데요.

도일 그렇게 점잖고 나이 지긋한 부부가 우리와 함께 차를 타고 서식스 시골을 구경하러 간 적이 있습니다.

파크 짜릿한 사건이 벌어질 것 같은 예감이 듭니다.

도일 나는 존 에벌린John Evelyn, 1620~1706. 영국의 작가이 일기에서 얘기했던, 해자성 주위를 둘러싼 못를 두른 그룸브리지의 유서 깊은 저택으로 그들을 안내했습니다. 이끼로 덮인 벽돌담을 바라보며 서 있는데 깊은 해자 쪽으로 난 문이 열리더니 어떤 여자가 밖을 내다보더군요. 그러고 나서 잠시 후에 문이 닫혔습니다. 우리는 자리를 이동했고 나는 그 일에 대해서 까맣게 잊었습니다.

파크   그런데 그게 다가 아니었군요?

도일   큰길로 향하며 목초지를 가로지르는데 위클랜드 부인이 계속 뒤를 흘끔거리는 겁니다. 부인이 이내 말문을 열더군요. "처음 보는 노인이 우리랑 같이 걷고 있어요." "어떻게 생겼는데요?" "나이가 많아요. 얼굴을 앞으로 숙였어요. 등은 굽었고요. 지 박령이에요." "옷차림은 어떻습니까?" "잠방이에 줄무늬 조끼를 입었고 상의는 아주 짧아요." "어디서 왔을까요?" "좀 전에 열린 문에서 나왔어요." "그럼 무슨 수로 해자를 건넜을까요?" "모르겠어요. 노인이 뭘 원하는지도 모르겠고요. 하지만 계속 우리 뒤를 따라오네요."

파크   그래서 어떻게 하셨습니까?

도일   손님들을 그 마을의 유서 깊은 크라운 식당으로 모시고 가서 함께 차를 마셨죠. 위클랜드 부인은 자기 옆쪽 구석에 놓인 의자를 계속 흘끔거리더군요. "저기 앉아 있어요." 부인은 이렇게 얘기하더니 이내 웃음을 터뜨렸습니다. "사실 두 번째 잔과 나중에 추가로 주신 케이크는 먹고 싶지 않았어요. 그런데 노인이 옆에 바짝 붙어서 내가 먹지 않으면 자기가 가져가서 먹을 기세더라고요."

파크　재미있는 나들이가 됐겠습니다.

도일　이후에 집으로 돌아와서 위클랜드 부부와 아내와 나는 우리집 베란다의 장미꽃밭에 자리를 잡고 앉았죠. 이런저런 이야기를 하는데 부인이 갑자기 움찔하지 뭡니까. "그 노인이 여기 있어요!" 바로 그 순간 놀라운 일이 벌어졌습니다. 우리가 보는 앞에서 위클랜드 부인이 얼굴에 살이 뒤룩뒤룩하고 등은 굽고 입술은 늘어서 처진 뚱한 표정의 노인으로 변한 겁니다.

파크　그런 광경을 목격하신 겁니까?

도일　표정 자체가 완전히 달라졌어요. 부인은 자기 몸에 들어온 노인의 생각을 전달하려다가 목이 졸려서 캑캑거렸고요.

파크　그래서 어떻게 하셨습니까?

도일　위클랜드 박사가 오랜 경험이 축적된 사람답게 침착하게 그녀의 목을 주물렀죠. "괜찮습니다, 영감님. 천천히 얘기해도 됩니다." 노인은 화가 난 듯이 고개를 저었습니다. "건드리지 마시오. 왜 자꾸 주무르는 거요?" 그는 쉰 목소리로 이렇게 꺽꺽댔죠. 가끔 숨을 헐떡이고 캑캑거리느라 끊기기는 했지만 그때부터 서로 질문을 주거니 받거니 하면서 다음과 같은 대화를 이어나갔습니다. "영감님은 누구십니까?" "나는 그룸브리지에서 왔소. 이름? 글쎄, 잘 생각이 안 나는데. 그래, 그래, 기억이 나는군. 데이비드요. 그리고 플레처. 맞아요, 데이비드 플레처. 그래, 나는 거기서 일을 했어요. 말. 그래, 말 돌보는 일을 했지. 지금이 몇 년이요? 모르겠네. 머릿속이 오락가락해서. 1808년인가 아니면 1809년인가? 뭐라고, 1927년? 농담 한번 잘하시네." "영감님은 돌아가셨어요." "죽었다니. 이렇게 당신하고 얘기를 하고 있는데 어떻게 죽었을 수가 있나? 죽었으면 천당에 가 있어야 할 것 아닌가? 내 손을 보라고? 어, 반지가 있군. 그래, 우리 아내가 꼈던 반지 같은데. 아니, 어쩌다 내 손에 반지가 끼워져 있는지 모르겠어. 내가 모르는 게 한두 가지가 아니야. 그 집에 사는 사람들이 누구인지도 모르겠어. 거기 있을 이유가 없는 사람들인데. 나하고 다른 몇 명이 그들을 몰아내려고 하고 있지."

위클랜드 박사는 "다른 몇 명은 아마 그 집에 사는 다른 지박령을 말하는 걸 겁니다"라고 설명했습니다.

"그래, 주인님은 좋은 분이었지. 하지만 주인님이 돌아가시고 다른 사람들이 들어왔어. 집이 팔렸거든. 그 뒤로 우리는 푸대접을 받았다네. 내가 뭘 어쩔 수 있었겠나? 아니, 떠날 수는 없었지. 등에 혹을 달고 있는 내가 이 넓은 세상 어디로 가겠나? 나는 그 집 사람이었어. 그러니까 최선을 다할 수밖에. 지금까지는 뭘 했느냐고? 잘 모르겠어. 지금까지 잠은 줄곧 같은 구석 자리에서 잤어. 시간이 아주, 아주 오래 지난 것 같기는 해." "자, 얘기해보세요, 데이비드 영감님. 아주 아팠던 기억이 나지 않습니까?" "내가? 아니. 나는 아팠던 적이 없는데. 하지만 어떻게 된 일인지 알려줄게. 그 자식이 나를 밀어서 물속에 빠뜨린 거야." "해자 속으로요?" "그렇지, 물속으로." "누가요?" "샘이. 하지만 내가 그 자식을 꼭 붙잡았지. 그래서 같이 빠졌어."

위클랜드 박사는 노인이 아마 그때 익사했을 거라고 얘기했습니다.

"죽은 사람들 중에 영감님을 사랑했던 사람은 없습니까? 어머님은 돌아가셨나요?" "어머니는 돌아가셨지. 우리 어머니 말고는 아무도 나를 사랑한 적이 없었어. 어머니는 나를 사랑했지, 어머니는. 아무도 나를 사랑할 수 없었어. 내가 희한하게 생겼잖아. 다들 놀리기만 했지."

그는 큰 소리로 흐느끼기 시작했습니다.

"어머니는 나를 사랑했지. 어머니 말고는 아무도 없었어. 다들 나 같은 꼽추가 마님이나 아씨의 시중을 들면 안 된다고 했어."   "기운 내세요, 데이비드 영감님. 금방 꼽추를 떼어드릴 테니까. 그런데 우리는 어쩌다 따라오시게 된 겁니까?"   "모르겠어. 그러라는 얘기를 들었던 것 같아. 그런 다음 빵과 차를 받았지. 마지막으로 차를 마신 게 언제였는지 기억도 안 나는군. 더 마시고 싶었는데. 늘 배가 고팠거든. 그런데 그 마차는 뭐였나? 악마가 모는 마차던데. 탔더니 어쩌나 빨리 달리던지 무서워서 내리질 못하겠더라고."

내 차를 두고 한 소리였죠.

"내리길 잘하셨네요, 데이비드 영감님. 우리가 좋은 일을 해드리려고 하거든요. 먼저 영감님이 죽었다는 걸 깨달으셔야 해요. 영감님은 해자 속으로 빠졌을 때 익사하셨어요."   "아니야. 별 희한한 소리를 다 듣겠구먼."   "이걸 아셔야 해요."

위클랜드 박사는 차분하고 점잖으며 자신감 넘치는 말투로 이야기했습니다.

"이제 영감님은 생각만으로 뭐든 할 수 있어요. 그렇게 하는 법을 터득하기만 하면 됩니다. 등에 달린 혹 있잖습니까. 떼어버리세요. 떼어버리시라고요. 그럼 영감님의 등은 저처럼 곧아질 겁니다."

그러자 구부정했던 노인이 허리를 펴고 의자에 똑바로 앉았습니다. 그리고 양손을 앞으로 불쑥 내밀더군요.

"어머니, 어머니."

그의 얼굴은 젊어졌고 전보다 똑똑해 보였으며 환희로 밝게

빛났습니다.

"보여. 어머니야. 그런데 내 기억보다 젊어 보이시네." "어머니가 이제 영감님을 책임지실 겁니다. 저 높은 곳에 계신 분이 생각이 있어서 영감님을 여기로 보낸 거예요. 영감님을 구하려고요. 예전 집으로 돌아가고 싶으세요?" "아니, 아니. 어머니한테 갈 테야. 아, 고맙기도 하지."

이 말을 끝으로 잘 알아들을 수 없는 감사의 인사가 이어졌죠.

파크 맙소사!

도일 이승에 묶여 있던 말구종*을 끌거나 뒤에서 따르는 하인은 이렇게 해서 우리 집 베란다의 장미꽃밭에서 드디어 어머니를 만나게 되었습니다. 내가 말했잖습니까. 이런 사례는 100건 가운데 하나에 불과한데 실제로 벌어진 심령현상들이 내가 감히 생각해낼 수 있는 이야기보다 훨씬 더 해괴하다고.

"이건 지어낸 얘기가 아니라
인류가 이제 탐험하고 정복해야 할
새로운 영역의 지식입니다"

파크 대부분의 사람들은 지어낸 얘기라고 하겠죠.

도일 영매의 달라진 모습은 무슨 수로 설명합니까? 말구종의 복장을 정확하게 설명한 건요? 아뇨, 이건 지어낸 얘기가 아니라 인류가 이제 탐험하고 정복해야 할 새로운 영역의 지식입니다.

파크 이런 표적들이 등장하는 이유는 뭘까요?

도일 이렇게 다양한 경험이 우리 앞으로 전달되는 이유는 재미있게 이야기를 나누고 잊어버리라는 게 아니라 현대사회를 위해 영적 의상을 새롭게 만들 때 씨실과 날실로 활용하라는 뜻에서일 겁니다. 우리는 오래전부터 표적을 요구하는 시대에 살고 있지만 정작 표적을 받아도 제대로 보질 못합니다. 나는 성서에 담긴 영생의 증거를 가장 중요하게 간주하면서 똑같은 증거가 몇 번이고 우리 눈앞에 나타나도 마음의 문을 열지 않는 사람들의 심리를 이해하지 못하겠어요!

파크 선지자는 자기 마을에서 인정받지 못한다는 것이 불변의 진리 아닙니까. 멀리서 그의 이야기를 접하면 매력적이고 설득력 있고 심지어 고귀하게 느껴지죠. 하지만 막상 그가 우리 집 대문을 두드리면 시간을 더 달라고, 표적을 더 보여달라고, 증거를 더 보여달라고 하게 됩니다. 그런데 아서 경, 경은 대부분의 증거를 경이 직접 경험하지 않고 다른 사람들을 통해서 접했습니다.

도일 교령회에서 흔히 볼 수 있는 현상 말고 지금까지 직접적으로 심령 체험을 한 적은 거의 없죠. 맞습니다. 나는 영적 능력이 전혀 없고 사람들의 삶에 모험소설 같은 느낌을 살짝 가미하는 영적인 기운도 없죠.

파크 조금 안타까워하는 것처럼 들리는데요.

도일 하지만 영매의 도움 없이 미지의 존재를 느낀 적이 몇 번 있기는 합니다.

파크 예를 들면요?

도일 몇 년 전에 여기 이 방에서도 그런 적이 있죠. 한밤중에 눈을 떴는데 이승의 사람이 아닌 누군가 방 안에 있는 것이 분명하게 느껴지더군요. 나는 똑바로 누워 있었고 정신이 또렷했는데 손가락 하나 까딱할 수가 없었습니다. 그래서 몸을 돌려 이 손님을 쳐다볼 수 없었죠. 이윽고 침착하게 방을 가로지르는 발소리가 들리더군요. 보이지는 않았지만 누군가 내 위로 허리를 숙이는 게 느껴졌습니다. 그리고 나지막한 속삭임이 들렸죠. "도일, 사과하려고 왔네." 잠시 후에 마비가 풀려서 몸을 돌릴 수 있었지만 방 안은 칠흑 같은 어둠과 완벽한 정적뿐이었습니다. 아내는 깨지 않아서 무슨 일이 있었는지 전혀 몰랐고요.

파크 꿈을 꾸신 거 아니었을까요?

도일 꿈이 아니었습니다. 처음부터 끝까지 정신이 멀쩡했어요. 그는 이름을 밝히지 않았지만 사별을 당했을 때 내가 영적으로 위로하려고 했던 사람이 아니었을까 싶습니다. 당시엔 무시하며 나의 선의를 거절했는데, 그러고 얼마 안 있어서 세상을 떠났죠. 그래서 후회하는 마음을 전하고 싶었을 겁니다. 내 몸이 마비된 이유는 그가 나의 기운을 이용해서 현현했기 때문이고요.

파크 예수님도 몸속에서 기운이 빠져나가는 현상에 대해 말씀하신 적이 있죠. 누군가 예수님을 필요로 할 때 그렇다고요.

도일 혼령이 물질계에 현현하려면 유형물에서 질료matter. 물질의 생성 변화에서 여러 가지 형상을 받아들이는 본바탕를 뽑아내야 하는데 내가 그 유형물로 동원됐던 거죠. 그때 한 번 물리적 영매가 되었던 것인데 그때가 마지막이었다는 걸 다행스럽게 생각합니다.

파크 이 모든 표적이 말입니다, 아서 경. 위대한 발견을 암시하는 표적일까요? 정말로 인류 역사상 가장 위대한 발견을 암시하는 표적일까요?

도일 항공 기술, 무선전신, 다른 신기한 물건 등 최근에 발견된 것들은 많지만 공전의 속성을 갖춘 새로운 형태의 물질이 우리 안에 잠재되어 있을 가능성이 높다는 사실을 발견한 것에 비하면 아무것도 아니죠. 역설적인 현상입니다만 혼령을 연구하는 사람들이 그 어떤 유물론자보다 물질과 물질의 놀라운 가능성에 대해서 더 많은 정보를 터득하게 되었습니다.

파크 경이 매우 중요하게 여기는 심령체ectoplasm. 혼령과 소통하는 사람의 몸에서 나와 혼령이 형체를 가질 수 있게 해준다는 물체에 대해서는 지금까지 이야기를 나눈 적이 없는데요. 독일의 의사 슈렝크 노칭 Albert Freiherr von Schrenck-Notzing, 1862~1929이 이걸 연구해서 책『구체화 현상Phenomena of Materialisation』으로 출간했죠.

도일 서문에 적힌 한 줄이면 그 책의 내용을 요약할 수 있습니다. "우리는 알 수 없는 생물학적인 과정을 통해 영매의 몸에서 반유동적이고 생명체의 속성—변신과 이동과 일정한 형태의 취득이 가능한 능력—을 지닌 물체가 흘러나온다는 사실을 여러 차례 규명할 수 있었다."

파크 그러니까 영매의 몸에서 살아 있는 반유동체가 흘러나온다는 말씀인가요?

도일 내 생각에는 지금까지 발표된 연구 결과 중에서 이보다 더 주목학 마한 결과두 거의 없지 않을까 싶은데요, 여러 증인과 사진으로 입증되었다시피 영매의 점막, 때로는 피부에서 이 젤리 같은 놀라운 물체가 흘러나옵니다.

파크 저도 사진을 본 적 있습니다.

도일 사진들이 기묘하게 혐오스러워 보이기는 하지만 자연의 수많은 현상들이 우리 눈에는 그렇게 느껴지죠. 턱에 고드름처럼 매달려 있다가 시신 위로 떨어져서 흰색 앞치마를 만들거나 얼굴에 뚫린 여러 개의 구멍에서 튀어나와 무정형의 덩어리를 이루는 줄무늬의 점액질이 여기 보이지 않습니까? 건드리거나 지나치게 밝은 빛을 비추면 숨어 있던 문어의 다리처럼 잽싸게, 슬그머니 몸속으로 들어갔습니다. 이걸 잡아서 꼬집으면 영매가 비명을 질렀고요. 옷을 뚫고 나왔다가 사라져도 옷에는 아무 흔적이 남지 않았죠. 한 영매의 동의 아래 일부분을 살짝 잘라낸 적이 있는데요.

파크 어떻게 됐습니까?

도일 상자에 넣었더니 눈처럼 녹아 없어졌고 수분과 균류의 것으로 추정되는 거대세포만 남았습니다.

파크 설명이 필요한 현상이겠는데요. 하지만 이것이 영계와 어떤 관계가 있습니까?

도일 이제 이보다 더 희한한 현상에 대해서 이야기할 텐데요. 이것이 그 질문에 대한 답이 될 수 있을 겁니다.

파크 어서 말씀해주시죠.

도일 참으로 허무맹랑하게 들리겠지만 몇몇 영매의 경우 이 물질이 생겨난 이후에 일정한 형체로 응고되었는데 그 형체가 바로 사람의 팔다리와 얼굴이었습니다. 처음에는 납작한 판 위에서 이차원적으로 보였다가 가장자리에 틀이 잡히면서 떨어져 나와 온전해졌지요.

파크 이 물질이 사람 비슷한 모습으로 바뀐다는 말씀인가요?

도일 그렇게 탄생된 희한한 유령을 촬영한 사진이 한두 장이 아닌데 대부분 실제 인간보다 훨씬 작습니다.

파크 흥미로운데요. 그래도 심령술과의 연관성은 아직 잘 모르겠습니다.

도인   다음 이야기를 들으면 알 수 있을 겁니다. 영매의 컨디션이 최
      고로 좋을 때에는―아주 가끔씩만 이럴 수 있고 영매의 건강
      에 악영향을 미칩니다―온전한 인간의 형체가 만들어지는데
      그게 세상을 떠난 어떤 사람과 비슷하게 빚어지거든요.

"생명의 숨결이 그 이미지에 불어넣어져서
움직이고 얘기하고 거기 깃든
혼령의 감정을 표현합니다"

파크   그러니까 죽은 사람이 영매의 배설물을 통해 등장한다는 겁니
      까?

도일   네. 그리고 그것과 영매를 연결하는 끈이 느슨해져요. 그 안에
      들어앉은 망자의 성격이 점점 발현되고요. 생명의 숨결이 그
      이미지에 불어넣어져서 움직이고 얘기하고 거기 깃든 혼령의
      감정을 표현합니다.

파크   영매의 심령체를 통해서 과거의 인물이 새롭게 태어나는 거군요.

도일   기록된 자료의 마지막 문장이 이겁니다. "이날의 교령회 이후
      에도 여러 차례 온전한 유령이 캐비닛 밖으로 등장해서 말을
      하고, 연구원 가운데 한 명인 비송 부인에게 다가가 뺨을 붙이

며 그녀를 끌어안았다. 입을 맞추는 소리가 우리 귀에까지 들렸다."

파크 심령체로 만들어진 유령이 연구원에게 입을 맞췄다고요?

도일 과학 연구 사상 이보다 더 희한한 피날레가 있었을까요? 아무리 똑똑한 유물론자라도 자신의 논리에 어긋나지 않는 범위에서 그런 현상을 설명할 수 없을 겁니다.

파크 먹은 음식을 게워낸 것에 불과하다고 얘기하는 사람도 있습니다만.

도일 구멍이 촘촘한 베일을 영매의 얼굴 위로 덮은 적도 있지만 심령체가 흘러나오는 데에는 아무 지장이 없었습니다.

파크 하지만 그렇게 놀라운 사건에는 회의적인 시각이 따를 수밖에 없다는 것을 경도 아실 테지요.

도일 물론입니다. 모든 관점에서 점검하긴 했어도 워낙 놀라운 결과라 연구원도 검증이 완료될 때까지 판단을 유보할 필요가 있었죠. 하지만 이제 다 끝났습니다. 슈렝크 노칭 의사가 뮌헨으로 돌아갔을 때 그곳에서 운 좋게 현시의 능력이 있는 폴란드

출신의 영매를 만났어요. 현시된 인물의 머리카락을 채취해서 영매의 머리카락과 현미경으로 비교해보았답니다. 그런데 같은 사람의 머리카락일 수 없는 것으로 밝혀졌다는군요.

파크   심령체로 만들어진 존재의 머리카락과 영매의 머리카락이 생물학적으로 다르다는 것이 밝혀졌다는 말씀입니까?

도일   정말이지 빅토리아시대의 과학자들이 이 저승으로부터의 습격을 대하는 태도에 비하면 이탈리아 추기경과 갈릴레오 갈릴레이Galileo Galilei, 1564~1642. 지동설을 주장하여 종교재판을 받았다에 얽힌 이야기는 오히려 합당하게 느껴질 정도죠!

파크   신학자들은 어떻습니까?

도일   신학자들에 대해서는 아무 말도 하지 않겠습니다. 다른 성격의 문제인 데다 그들은 전적에 걸맞게 살아가고 있을 따름이니까요. 하지만 물질과학—최면술을 조롱하다 이름을 최면요법으로 바꾸자 인정하는 아주 한심한 작태를 보이지 않았습니까—은 심령술과 관련해서 훗날 안타까운 평가를 면치 못할 겁니다. 너무 앞서 나가거나 어마어마한 실수를 저지르면 지금까지 과학이 인류 복지에 공헌한 수많은 부분을 우리가 까먹거나 과소평가할까 봐 몸을 사리는 거죠.

파크 　과학계에 대해서 반발하시는 건 아니겠지요. 과학계가 지금까지 심령술 앞에서는 눈을 감았을지 몰라도 그 밖의 많은 것을 목격하지 않았습니까.

도일 　그렇기는 하지만 이 미지의 해안에 드리워진 안개와 그림자를 헤치면 햇빛을 향해 고개를 내민 견고하고 선명한 곳이 적어도 한 개는 보일 텐데요. 과연 어느 누가 여기에 소개된 사례들을 읽고도 그걸 의심할 수 있겠습니까. 그 뒤로 수 세대의 개척자들이 탐험해도 모자랄 신비의 땅이 펼쳐질 텐데 말입니다.

파크 　요정 이야기를 하면서 이미 언급했던 심령사진도 그렇고요.

도일 　호프 씨와 벅스턴 부인을 영매로 내세운 영국의 크루 일파 Crew Circle. 심령 사진 그룹가 촬영한 사진이 가장 성공적이었죠. 나도 그 사진을 여러 장 보았는데 죽은 사람들이 생전의 모습과 전혀 다른 모습으로 재현된 경우도 있더군요. 아버지와 어머니가 전사한 아들과 함께 찍은 사진에서는 죽은 아들이 셋 중에서 가장 행복하고 건강해 보였고요.

"새롭게 등장한 이 종교의 경우에도
그 어떤 현상보다 중요한 게
저승에서 보낸 메시지입니다"

파크 하지만 앞에서 했던 얘기를 반복하자면 심령술은 다소 묘기 중심적인 성향이 있습니다. "저것 좀 봐요. 의자가 날아가고 있어요!" "맙소사! 공중 부양을 하다니!" "죽은 사람이 사진에 찍혔어요!" 이 소리를 듣고 "그래서요?"라고 할 사람들도 있을 텐데 경은 "위대한 발견을 암시하는 표적"이라고 하지 않습니까.

도일 인간의 경험과 전적을 뛰어넘는 능력을 과시하는 것은 주의를 촉구하려는 수단에 불과합니다. 내가 처음에 들었던 비유를 반복하자면 지극히 중요한 메시지가 도착했음을 알리는 전령 역할을 하는 것도 보잘것없는 전화벨 아닙니까. 예수그리스도의 경우 수많은 기적보다 훨씬 중요한 게 산상수훈이죠. 새롭게 등장한 이 종교의 경우에도 그 어떤 현상보다 중요한 게 저승에서 보낸 메시지입니다. 천박하게 빵과 생선에 집착하면 그리스도의 이야기도 천박해지겠죠. 마찬가지로 천박하게 가구를 옮기거나 탬버린을 공중으로 들어 올리는 것에 집착하면 심령술이라는 종교도 천박해집니다. 어떤 현상이든 능력의 어설픈 표적이 될 뿐이고요. 문제의 본질은 그보다 고차원적인 데 있습니다.

파크 경의 눈에는 여전히 심령술의 약점, 그러니까 경의 표현을 빌리자면 저속한 측면이 무엇인지 보입니까?

도일　물론이죠. 지금까지 명확하게 밝혀왔잖습니까. 심령술의 약점이라면 주로 교육 수준이 낮은 계층이 신봉하는 종교라는 것이겠죠.

파크　그 결과 어떻게 됐습니까?

도일　가장 열렬한 신봉자를 외면하고 그들의 진정한 능력과 의미를 조금도 대변하지 못하는 철학처럼 되어버렸죠.

파크　교육 수준이 낮은 계층을 대변하는 것이 문제라는 말씀이군요.

도일　그렇습니다. 그리고 영매의 능력을 체계적으로 양성하지 못하는 것도 문제고요. 이것도 지역공동체와 법조계의 잘못입니다. 부적격한 인물에게 맡겨서 철저하게 실리주의적이고 세속적인 관점에서 운영할 때가 많거든요.

파크　금전적인 관점에서 운영된다는 말씀이군요.

도일　육안으로 확인할 수 있는 현상을 보여주는 것이 심령술의 목적이었을 때는 교령회가 대개 어두컴컴한 데서 열린다는 소문을 듣고 범죄자들이 대거 이쪽으로 유입되기도 했습니다. 나쁜 짓을 저질러도 어둠이 가림막 역할을 하고 마술사의 도구까지 체계적으로 활용할 수 있었으니 효과가 배가됐죠.

파크   마지막으로 묻겠습니다, 아서 경. 지금까지 얘기한 관점에서 보았을 때 심령술은 종교입니까?

도일   종국에는 종교 그 자체가 아니라 모든 종교의 증거이자 근간이 될 겁니다.

가족의 유산

아서 코넌 도일 경의 형제는 열 명이었고 그 가운데 일곱 명이 목숨을 부지했다. 그는 작품에서 알코올중독을 가차 없이 난도질하지만 회고록에서는 아버지 찰스 도일의 알코올중독에 대해 은근슬쩍 넘어간다. 그의 아버지는 1893년 10월 10일에 덤프리스의 크라이턴 왕립 요양소에서 숨을 거두었다. 사인은 '만성 간질'이었다. 같은 해에 아서 경의 첫 번째 부인인 루이즈 투이 호킨스Louise 'Touie' Hawkins. 1856~1906는 결핵 진단을 받았다.

아버지 찰스 도일은 입원 생활 내내 아들의 모든 작품을 증정본으로 간직했고 아들의 능력에 몹시 감탄했다. 하지만 아서 경이 아버지에게 느낀 감정은 복합적이었고 작품에서는 수치심과 분노가 드러났다. 예컨대 그의 단편 「밀실The Sealed Room」에는 빚을 갚지 못하는 지경에 이르자 심장병을 앓고 있는 아내에게 더 이상 스트레스를 주지 않으려고 밀실로 들어가 독극물을 먹고 자살하는 아버지가 등장한다. 그런가 하면 또 다른 단편 「옻칠한 상자The Japanned Box」에는 술을 마시고, 도박을 하고 하루에도 몇 번씩 축음기 옆에 앉아서 젊은 시절 파멸의 원흉이었던 술 좀 끊으라는 죽은 아내의 애원을 곱씹으며 지내는 남자가 등장한다.

그에게 세상은 밀실과 두꺼운 벽과 알 수 없는 비밀들로 이루어져 있다. 죽은 자가 산 자를 쥐락펴락하는 세상, 충고는 안타깝게 무시당하고 알코올은 파괴하며 고통은 끊길 줄 모르는 세상이다.

투이가 병에 걸리자 1896년에 그의 가족은 뜨겁고 건조한 이집트로 떠났고, 활동적이었던 아서 경은 여기서 대피라미드를 오르고 메나 호텔 골프장에서 골프를 치고 승마를 배웠다. 당시의 나일 여행은 이슬람교 광신도들이 영국 여행객 일행을 인질로 삼는 『코로스코의 비극The Tragedy of the Korosko』의 탄생으로 이어졌다.

아서 코넌 도일은 첫 아들 킹즐리의 탄생을 가리켜 "우리 부부의 인생에 있어 일대 사건"이라고 했다. 그는 아내 투이의 투병 기간 내내 신의를 지켰지만 1897년에 진 레키Jean Elizabeth Leckie, 1874~1940를 만나자마자 속절없는 사랑에 빠져버렸다. 그녀는 아서 경의 인생에서 어머니 다음으로 중요한 여인이 되었다. 어머니로 말할 것 같으면, 그는 평생 어머니에게 꾸준하게 편지를 보냈다. 아홉 살 때 예수회 기숙학교에 입학하면서 생긴 습관이었다.

그의 가족사는 이내 심령술과 떼려야 뗄 수 없는 관계가 되었다. 그는 윌리엄과 에바 톰슨이라는 영매를 통해서 현시한 어머니의 혼령을 만났다고 믿었다. 하지만 며칠 만에 다른 교령회에서 가발과 형광 분장 도구가 발견되었고 이들은 사기꾼으로 경찰에 체포되었다. 그럼에도 불구하고 아서 경은 꿈쩍하지 않았다. 적어도 공개 석상에서는 그랬다.

킹즐리는 솜에서 부상을 당했고 1918년 런던에서 폐렴으로 사망했다. 하지만 그도 저승에서 아서 경을 찾아왔다.

도일은 첫 번째 결혼에서 킹즐리와 메리, 두 남매를 낳았다. 두 남매의 눈에 비친 도일은 사랑스럽지만 조금 무서운 아버지였다. 그는 아이들과 아무 생각 없이 놀다가도 피곤하거나 걱정거리가 생기면 바로 무뚝뚝하고 신경질적으로 변했다. 도일이 진을 만난 1897년 이후부터 집안에서는 팽팽한 긴장감이 흘렀다. 몇몇 친구는 진에게 집착하는 그를 비난했고, 투이의 병 때문에 진심으로 심란하지만 진에게서 벗어날 수가 없었던 그는 혼란스러운 시기를 보내야 했다. 그래서 도일은 일의 세계로 도피했다. 홈스가 왓슨에게 말했다시피 "일이야말로 슬픔을 잊게 만드는 가장 훌륭한 해독제"였기 때문이다.

투이는 1906년에 49세로 눈을 감았다. 이듬해에 아서 경과 진은 결혼했다. 그들은 서식스의 윈들섬으로 거처를 옮겼고 그곳에서 여생을 보냈다.

나는 아서 경이 자기 가족 이야기를 꺼낼 거라고 기대하지 않았다. 여러 면에서 워낙 복잡하기 때문이다. 그런데 정원을 비추던 햇빛이 희미해질 무렵 그가 같이 잡초를 뽑자고 했다. 건강이 좋지 않아 금세 숨이 가빠지는 그가 하기에 알맞은 일은 아니었다. 하지만 화단과 손수레 사이에서 나는 몇 가지 정보를 얻을 수 있었다.

파크 1885년에 루이즈 호킨스, 일명 투이와 결혼을 하셨죠.

도일 너그럽고 상냥한 사람이었습니다.

파크 투이가 '급성 폐병' 진단을 받았을 때—물론 지금은 결핵이라고 불리는 병입니다만—경은 충격을 받고 당장 조치를 취했습니다.

도일 그 상황을 타개하는 데 전력을 다했죠. 집을 버리고 새로 산 가구를 팔고, 그녀의 장기를 급속도로 갉아먹고 있는 이 가증스러운 미생물을 박멸할 가능성이 가장 높아 보였던 하이알프스의 다보스로 떠났으니까요. 덕분에 운명의 순간을 1893년에서 1906년으로 늦출 수 있었습니다.

파크 맞습니다.

그는 다른 화단으로 자리를 옮겼다. 나는 사후에 찾아온 그의 아들에 대해 물어도 요행히 대답을 들을 수 있을지 궁금해졌다.

파크 제1차 세계대전 때 킹즐리를 잃은 이후에 영매를 통해 아드님과 접촉하려고 무던히 애를 쓰셨지요. 그리고 한 영매가 아드님의 반지를 통해 말을 했습니다.

도일　　그녀는 몇 달 전에 죽은 우리 아이의 반지에 새겨진 머리글자를 알아맞혔죠.

파크　　밀봉한 상자 안에 넣은 반지였는데 말입니다. 먼저 세상을 떠난 사랑하는 이의 소식을 들으려고 그 자리를 찾은 다른 참석자들의 물품과 함께 말이죠.

도일　　평범한 사람은 반지를 살펴보았다 한들 뭐가 적혔는지 몰랐을 겁니다. 하도 닳아서 전에 본 적 있는 사람마저 뭐가 적혔는지 몰라볼 정도였죠.

　　　　나는 아서 경이 불쾌하게 받아들일 수도 있기 때문에 문제 제기를 하지 않았지만, 사실 그 자리를 파하고 며칠 뒤 영매의 대리인이 참석자들의 소지품이 담긴 상자를 바꿔치기했다고 자백한 것을 알고 있었다. 영매가 가짜 상자를 들고 있는 동안 옆방에서 진짜 상자를 뒤져 물품에 얽힌 정보를 전달했다는 것이다.

파크　　또 다른 자리에서 B 부인의 도움으로 아드님과 접촉한 적도 있고요. 아드님이 뭐라고 전하던가요?

도일　　자기가 죽은 걸 너무 슬퍼하지 말라며 나를 위로했고, 자기는 외국으로 나가서 의료 활동을 할 작정이었기 때문에 어차피 영국에 없었을 거라고 했습니다.

파크   자신의 죽음에 대해서 이야기를 하던가요?

도일   폐가 아팠다고 했습니다. 3년의 군 복무 끝에 폐렴으로 죽었
       으니 맞는 말이었죠. 세상을 떠난 다른 친구들 얘기를 하면서
       "살아 있었을 때는 심령술을 믿지 않았는데 이제는 믿어요. 이
       걸 믿지 않았다니 제가 바보 같았어요" 하더군요.

파크   하지만 이건 가장 근사한 만남의 서곡에 불과했죠.

도일   내가 그때까지 영적으로 경험한 수많은 순간 중에서 최고의
       순간이 찾아왔지요. 자세히 소개하려니 두려운 마음도 들지만
       하느님이 다른 이들과 함께 나누라고 그런 선물을 주신 거라
       고 믿습니다.

파크   어떤 일이 벌어졌는데 그러십니까?

도일   어둠 속에서 직접 목소리가 들렸습니다. 나지막한 속삭임이
       요. "진, 저예요." 아내는 누군가 자기 머리에 손을 얹는 게 느
       껴지자 소리를 질렀습니다. "킹즐리예요!" '아버지'라는 단어
       가 들리기에 내가 물었죠. "아들아, 네가 온 거냐?" 내 앞에 바

짝 갓다댄 누군가의 얼굴과 숨결이 느껴졌습니다. 그러고 나서 어떤 목소리가 또렷하게 들렸는데 강도와 말투가 딱 우리 아들이더군요. "저를 용서하세요!" 나는 아무 여한이 없다고 열심히 대답했습니다. 큼지막하고 힘이 센 손이 내 머리 위에 얹히자 고개가 가만히 앞으로 숙여졌고 누군가 내 눈썹 바로 밑에다 입을 맞추는 느낌과 함께 소리도 들렸습니다. "아들아, 행복하니?" 나는 큰 소리로 물었습니다. 그러자 정적이 흘렀고 아들이 가버린 건 아닌가 싶어서 덜컥 겁이 나더군요. 하지만 잠시 후에 한숨 섞인 몇 마디가 들렸습니다. "네, 정말 행복해요."

나는 그의 가족에 대해서 더 이상 묻지 않았다. 하지만 그가 1923년에 진에게 보낸 편지에서 재혼으로 얻은 데니스, 에이드리언, 진에 대해 뭐라고 썼는지는 기록으로 남길까 한다. 오늘 복도를 함께 걷는 동안 그녀에게서 건네받은 편지를 이 자리에 공개한다.

"절제할 줄 알고 새침하게 거리도 둘 줄 아는 딸아이에 비하면 사내 녀석들은 반짝이는 얕은 웅덩이에 불과하지. 사내 녀석들은 속이 들여다보이잖소. 하지만 여자아이의 속은 절대 알 수가 없어! 그 자그마한 몸속에 아주 굳세고 단호한 뭔가 들어 있는 것 같아. 그 아이는 의지가 강철 같지. 그 무엇에도 꺾이지 않고 심지어 구부러지지도 않고. 그 아이가 마음을 먹었다 하면 사내 녀석들은 속수무책이야. 하지만 그건 그 아이가 자기주장을 내세웠을 때만 해당되고 그런 경우는 거의 없지. 대개는 ᄎᆞ연하고 사근사근하게 아무 말 없이 앉아서 벌어지는 모든 일을 예리하게 간파하되 희미하게 미소를 짓거나 흘끗 쳐다보기만 할 뿐 전혀 관여를 하지 않으니까. 그러다가 회색이 도는 그 아름답고 파란 눈을 까맣고 기다란 속눈썹 아래에서 문득 수줍은 다이아몬드처럼 반짝이며 명랑하게 까르르거리면 모두 덩달아 웃음을 터뜨릴 수밖에 없지."

런던 워털루역에서, 1923

마지막으로

그는 협심증을 앓고 있음에도 불구하고 네덜란드, 덴마크, 스웨덴 그리고 노르웨이로 심령 순회를 감행했다. 귀국했을 때는 병색이 짙어서 들것에 실려 뭍을 밟았고 이후로 침대 신세를 면치 못했다. 하지만 나는 그가 마지막 모험을 단행했다는 소식을 전해 들었다. 어느 추운 봄날 아무도 모르게 침대 밖으로 나와서 1층을 지나 정원에 나간 것이다. 나중에 발견됐을 때 그는 한 손으로 가슴을 움켜쥐고 다른 손으로 하얀 스노드롭 한 송이를 쥔 채 바닥에 쓰러져 있었다.

파크　마지막까지 투사로 살고 계시네요, 아서 경. 지금은 마녀법을 폐지하는 데 전력을 다하고 계시죠?

도일　그렇습니다.

파크　제임스 1세James I, 1566~1625 시절에 법령집에 삽입된 법안인데

현재 관계 당국에서 영매들을 간편하게 고발하는 수단으로 활용하고 있죠.

도일　사기꾼이나 돌팔이를 옹호할 생각은 없지만 현재로서는 영국 법이 사실상 영적 능력의 존재 자체를 인정하지 않는데 이런 식이면 12사도들…….

파크　예수의 제자들 말씀입니까?

도일　맞습니다. 이런 식이면 그들도 영매들처럼 범죄자로 몰아붙여도 되겠어요! 가만히 있을 수 없는 상황입니다.

파크　그런데 아서 경, 정치적인 투쟁은 그렇다 치고 오늘 아침에는 경을 주제로 쓴 시를 제게 보여주셨는데요. 제목은 「내면의 방The Inner Room」이고 경의 여러 가지 모습에 대해서 묘사하셨던데요. 낭독을 부탁드려도 되겠습니까?

도일　내 방에는
어둑어둑 불길한 그림자 속에
사신처럼 험상궂은 표정으로
앉아 있는 다른 사람들이 있다.
의스레한 그들은 근엄하거나 기묘하거나

이번에는 야만인이, 이번에는 성인이,

어둠 사이로

잠깐씩 희미하게 보인다.

그 그림자가 워낙 짙어서

어쩌면

보기보다

많이—아주 많이—있을지 모른다.

군인, 악당 그리고 은둔자

그 높은 밤낮으로 앉아서

언쟁을 벌이고 그리고

나를 놓고 싸운다.

파크 멋진 작품입니다. 우리 모두 각자의 버전으로 이런 시를 한 수씩 지어야 하는 거 아닐까요. 그런데 다시 화제를 바꿔서 최근에 경에게 벌어진 사건에 대해 여쭈어봐야겠습니다. 1922년 이후에 새로운 목소리가 경의 반경 안으로 들어왔죠. 경의 개인 안내인을 자처하는 피니어스라는 아라비아 혼령이요.

도일 맞습니다.

파크 그는 진의 자동 기술과 영언 능력을 통해 앞으로 끔찍한 일들이 벌어질 것이고 경에게 특별한 임무가 있다고 했지요.

도일   각성의 순간이 찾아왔을 때 사람들이 그걸 심적으로 좀 더 쉽게 받아들일 수 있도록 준비하라고 했습니다.

파크   제가 제대로 알고 있는 건지 모르겠습니다만 들은 바로는 피니어스가 하느님의 빛이 내려와서 악마의 불꽃을 태울 거라고, 1925년 추수기부터 하느님을 향한 "전 세계의 복종"이 시작되고 엄청난 폭풍이 서쪽에서 동쪽으로 이동하고 잇따라 "중유럽에서 대격변이 벌어져 대륙이 물속으로 가라앉고 높은 곳에서 엄청난 빛이 쏟아질 거"라고 했다는데요. 기분 나쁘게 듣지는 말아주셨으면 합니다만 성서의 마지막 장인 종말론적인 계시록과 내용이 흡사하지 않습니까! 거기서는 바티칸이 "죄악의 소굴"이 돼서 "지구 상에서 깨끗이 제거될" 거라고 하지요. 그런데 피니어스에 따르면 최후의 결전이 치러지는 동안 "발전소power station"가 경의 자택 주변에 건설돼서 보호해 줄 테니 경은 안심해도 될 거라고 합니다.

도일   몇 년 걸리겠지만 나는 끝까지 버틴 이후에 온 가족과 함께 저승으로 건너갈 겁니다.

파크   위니펙에 사는 어느 영매가 경은 "평범하게 죽지 않을 거"라고 한 예언과 일맥상통하는 주장인데요. 그런 이야기를 들어도 괜찮으십니까?

도일　세계대전의 교훈을 터득하는 데 실패했으니 그 정도로 엄청난 시련을 겪어야 이 세상은 잘못을 깨닫고 좀 더 겸허하게 영적인 자세가 될 수 있겠죠. 따라서 심장부가 극적으로 달라지지 않는 한 2차 심판이 들이닥쳐서 1차 때 달성하지 못한 목표를 이룰 겁니다. 이런 위기가 시작될 날이 얼마 남지 않았습니다. 정치적 격변과 천재지변의 형태로 벌어질 테고 엄청나게 충격적인 결과가 야기될 겁니다. 우리가 받은 메시지를 간단하게 요약하자면 이렇습니다.

파크　유쾌한 메시지라고 볼 수는 없겠네요.

도일　마지막 강편치를 맞고 아직도 휘청거리는 지금 이때, 듣는 사람 입장에서도 전하는 사람 입장에서도 유쾌하지 않은 내용이겠지만 이 메시지가 사실이라면 사태를 직시해야 합니다.

파크　시간이 없군요, 아서 경. 경의 얘기가 사실이라면 여러모로 시간이 없겠습니다. 그런데 여기저기서 물어봐달라고 부탁을 받은 질문이 있어서 묻겠습니다. 경이 가장 좋아하는 셜록 홈스의 작품은 뭡니까?

도일　「얼룩 끈의 비밀The Speckled Band」입니다.

시드니 패짓, 〈셜록 홈스와 왓슨〉, 1892

파크   집필하신 소설 중에 가장 좋아하는 작품은요?

도일   장편소설 『백기사단The White Company』입니다.

"나로 인해 세상이 아주 조금이나마 좋아진다면
여한이 없겠습니다"

파크   그리고 마지막으로, 어떤 사람으로 기억되길 원하십니까?

도일   나로 인해 세상이 아주 조금이나마 좋아진다면 여한이 없겠습
        니다. 이 작은 무대에서조차 우리에게는 양면성이 있는데, 인
        간 겸 야수에게 모든 힘과 여유와 관용과 자비심과 자제심과
        평화와 인정을 쏟아부으면 무언가 이루어질지도 모릅니다. 누
        구나 엄청난 강편치를 날릴 수는 없죠. 하지만 잽도 의미가 있
        는 법이에요.

파크   "사소한 것들이 가장 중요하다는 게 내 오랜 원칙이지." 경이
        만든 셜록 홈스가 「신랑의 정체A Case of Identity」에서 한 말이죠.

도일   뭐, 셜록은 늘 옳은 말만 하죠!

파크   그런데 아서 경, 사실 심령술은 경에게만 '옳은' 것 아닙니까?

도일 맞습니다. 나는 가족, 작위, 내가 가진 전 재산, 소설가로서의 명성을 포기할 수 있습니다. 심령술에 비하면 그것들은 모두 하수구의 진창입니다. 심령술 덕분에 인생의 모든 면이 납득이 되니까요. 그 전에는 인생이 얼마나 이해가 안 됐는지 모릅니다.

파크 하지만 얼마나 힘든 싸움입니까!

도일 영적인 계시를 믿고 계시를 인지하는 것을 가장 중요하게 여기는 우리 같은 사람들은 완고한 지금 이 시대와 온몸으로 부딪쳐왔죠. 어쩌면 지금으로서는 헛되고 보람 없는 일에 삶의 일부가 잠식됐을지도 모릅니다. 우리의 희생이 그만한 가치가 있었는지는 나중이 되어야 알 수 있겠죠. 개인적으로는 그만한 가치가 있다고 생각합니다.

위니펙에 사는 영매의 예언은 틀렸다. 평범한 죽음이라는 게 있을지 모르겠지만, 아무튼 도일은 1930년 7월 7일에 평범한 죽음을 맞이했다. 그는 "가장 위대하고 영광스러운 모험"을 앞두고 아내에게 마지막 말을 건넸다. "당신은 멋진 사람이야."

그의 장례식장에서 토머스 목사는 그의 아내인 도일 부인이 쓴 글을 낭독했다.

우리가 땅속에 묻는 것은 육체에 불과합니다. 이와 똑같이 생긴 에테르체는 계속 살아 있을 테고, 영적인 환경이 맞아떨어지면 평범한 인간의 눈앞에 모습을 드러낼지도 모릅니다. 우리가 사랑했던 여기 이 사람은 가족들과 계속 긴밀하게 접촉할 겁니다. 가족들은 능력이 안 돼서 그의 모습을 보지 못할지 모르지만요. 투시력이라는, 하늘이 주신 특별한 능력을 가진 사람들만 그의 형상을 볼 수 있겠지요. 그래도 아서 경은 세상에 진실을 알리는 과업을 멈추지 않을 겁니다.

그의 묘비에는 이런 비문이 새겨져 있다.

강철처럼 진실하고
칼날처럼 곧았다
아서 코넌 도일
기사
애국자, 의사 그리고 작가

사이먼 파크

코넌 도일을 향한 나의 짝사랑

코넌 도일은 셜록 홈스의 창시자로 가장 유명하지만 사실 그는 그 밖에도 여러 가지 면모를 갖춘 다층적인 인물이었다.

익히 알려져 있다시피 그가 맨 처음 선택한 직업은 의사였다. 그는 에든버러대학교에서 의학 공부를 하는 동안 놀라운 관찰력과 추리력으로 훗날 셜록 홈스의 모델이 된 조지프 벨 교수에게 수업을 받고 『피터팬』을 쓴 제임스 매슈 배리나 『보물섬』 『지킬 박사와 하이드』를 쓴 로버트 루이스 스티븐슨 같은 미래의 동료 작가들과 친분을 쌓는 행운을 누렸다. 하지만 학교를 졸업한 이후에 선의를 거쳐 개원했을 때 의사로서의 성적은 신통치 않았다. 그는 환자가 없는 시간에 틈틈이 집필한 「사삿사 계곡의 비밀」을 1879년에 처음으로 세간에 선보였고, 1887년에 홈스 시리즈의 포문을 여는 『주홍색 연구』를 발표했으니 만약 그가 의사로서 승승장구했더라면 우리는 홈스와 왓슨 박사라는 콤비를 영영 만나지 못했을지 모른다.

「사삿사 계곡의 비밀」은 당시 그가 좋아했던 에드거 앨런 포와 브렛 하트에게 받은 영향을 물씬 풍기는 작품이었는데『테스』로 유명한 토머스 하디의 데뷔작이 실렸던 〈체임버스〉에 이 원고가 채택되었다. 같은 해에 두 번째 작품 「미국 이야기」가 〈런던소사이어티〉에 소개되자 그는 "약병을 채우는 것 말고 다른 방법으로도 돈을 벌 수 있겠다는 것을 이 무렵에 처음 깨달았다"라고 했다. 그런가 하면『주홍색 연구』는 원래 제목이 '뒤엉킨 실타래'였고 두 주인공의 이름은 셰리던 호프와 오몬드 새커였다. 그런데 나중에 〈비턴스크리스마스애뉴얼〉을 통해 정식으로 출간되면서 제목과 주인공들의 이름이 바뀌었다.

이 대담집에서도 그가 어머니에게 보낸 편지를 통해 드러났다시피("홈스를 죽여서 영영 끝장을 낼까 합니다. 홈스 때문에 좀 더 의미 있는 일에 정신을 쏟을 수가 없어서요") 그에게 있어 홈스는 애증의 대상이었다. 그가 당대 최고의 몸값을 자랑하는 작가의 반열에 올랐던 것도 홈스 원고의 청탁을 거절하려고 고료를 아주 높게 불렀는데 그것이 수락되었기 때문이라고 한다. 그는 사실『주홍색 연구』보다 그다음에 출간한 역사소설『마이카 클라크』를 더 좋아했다. 그런데『마이카 클라크』는 당시에 호평을 받기는 했어도 지금은 거의 잊힌 작품이 되었고 이때부터 작가로서 그의 갈등이 시작됐다. 사실 그는 판타지, SF, 희곡, 논픽션, 역사소설을 섭렵한 다작의 작가였다. 그에게 셜록 홈스 시리즈는 기껏해야 '상업성 짙은' 연작에 불과했는데 독자들 사이에서는 폭발적인 인기를 누렸으니 그로서는 난처할 수밖에 없었을 것이다. 그는 보어전쟁1899년에 영국이 남아프리카의 금이나 다이아몬드를 획득하기 위하여 벌인 전쟁에서 조국에 봉사한 대가로 기사 작위를 받았는데 일설에 따르면 에드워드 7세가 작위 수여자 명단에 그를 넣은 것이 셜록 홈스의 열렬한 팬이라서 새로운 작품을 쓰도록 독려하기 위해서였다고 한다. 그가 기사 작위를 받고 1년 뒤부터 〈스트랜드매거진〉에 『셜록 홈스의 귀환』이 연재되기 시작했으니 에드워드 7세의 노림수가 효과가 있었던 것인지도 모르겠다.

그는 셜록 홈스를 지면으로 소개하는 것으로는 직성이 풀리지 않았는지 자신이 창조한 피조물에 빙의해 생판 모르는 사람의 억울한 누명을 벗겨주기 위해 적극적으로 나선 적도 있다. 바로 이 대담집에서도 소개된 조지 에달지 사건이다. 맨부커상을 수상한 바 있는 영국의 작가 줄리언 반스도 『용감한 친구들』에서 이 사건을 상세하게 다루었는데 여기에서 코넌 도일은 몽상가면서 결단력이 있는, 전형적인 빅토리아시대 신사로 그려진다. 바늘로 찔러도 피 한 방울 나오지 않을 듯한, 머리끝에서 발끝까지 이성과 논리의 철갑을 두른 탐정을 만들어낸 작가이니 그도 피조물과 비슷한 인물이지 않을까 싶지만 이렇듯 그는 낭만적인 성향이 다분했다. 축구, 크리켓, 골프 실력이 수준급이었는가 하면 스위스에 스키를 소개한 다재다능한 스포츠맨이었다. 유부남의 신분으로 외간 여자와 속절없는 사랑에 빠졌지만 아내가 지병으로 세상을 떠날 때까지 거의 10년 동안 정성으로 간호하며 신의를 지킨 의리의 사나이였다.

그는 어쩌면 이 시기에 아내를 간병하느라 심신이 지친 상태에서 아버지까지 잃으며 받은 정신적인 충격으로 '베일 너머의 삶'에 점점 매료되기 시작했을지 모른다. 그는 오래전부터 심령술에 관심이 많아서 복수심에 불타는 승려 세 명의 사후 세계를 다룬 『클룸버의 비밀The Mystery of Cloomber』을 출간할 정도였지만 이 무렵 심령연구협회에 가입한 것이야말로 그의 믿음을 공개적으로 선언한 것이라고 하겠다. 이 『코넌 도일의 말』은 사실상 심령술과 그의 관계를 집중적으로 파헤치는 데 가장 심혈을 기울였다고 볼 수 있는데 아마도 그가 인생의 후반기에 워낙 강박적으로 심령술에 집착했기 때문일 것이다. 그는 제1차 세계대전으로 아들과 남동생을 잃은 후에 소설은 거의 절필하다시피 하고 심령술 관련 서적의 집필에만 매달렸다. 협심증 진단을 받은 이후에도 유럽 본토 심령 순회를 강행했다가 들것에 실려서 귀국했을 정도였다. 그가 세간의 온갖 조롱에도 불구하고 그토록 심령술을 신봉하고 가산을 탕진해가며 심령술의 전파에 매진한 이유가 무엇이었을지 궁금하지만, 가만히 생각해보면 '의리'와 '뚝심'으로 대변되는 그의 성격에 걸맞은 행동이 아니었을까 싶기도 하다.

　우리 오빠는 예전부터 소문난 책벌레였다. 학교에도 없고 집에도 없다 하면 있는 곳이 으레 서점이었고(가끔 오락실일 때도 있었지만) 서점에 가면 한 권은 서서 다 읽고 한 권은 사서 들고 오는 식이었다. 때문에 내가 어렸을 때 읽은 책은 오빠가 사다놓은 것들일 수밖에 없었는데 오빠가 좋아했던 장르가 탐정소설이었다. 탐정소설에 대한 우리 삼남매의 애정이 어느 정도였는가 하면 내가 번역을 시작하고 몇 년 지나서 애거사 크리스티의 작품을 맡게 되었을 때 동생이 이제야 언니가 번역가라는 게 실감이 난다고 했을 정도였다. 그랬으니 에르퀼 푸아로와 더불어 어린 시절 나의 양대 우상이었던 셜록 홈스와 관련된 일이라면 무엇이든 내게는 영광일 수밖에 없고『코넌 도일의 말』번역도 마찬가지였다. 작년에 셜록 홈스 시리즈를 새롭게 선보이는 작업에 동참하면서 시대를 초월하는 코넌 도일의 스토리텔러로서의 능력을 다시금 느낄 수 있었다. 홈스의 열혈팬으로서 그를 홀대한 코넌 도일에게 섭섭한 마음도 있지만 뭐, 어쩌랴. 그럼에도 불구하고 그를 향한 나의 짝사랑은 아마도 오랫동안 변함없을 것이다.

2016년 8월

이은선